超人計画

滝本竜彦

角川文庫
14283

目次

本文写真撮影／滝本竜彦、Boiled Eggs Ltd.

我等は人々に彼等の存在の意義を教へむとす。即ちそは超人なり。人間といふ暗黒の雲より來る電光なり。

――『ツァラトゥストラ』ニイチェ（生田長江譯／新潮社）

第0話　電光の到来

みなさんは『ルサンチマン』という言葉をご存じだろうか。

それは現実の生に対する不満である。世界が今のようでなく、別のようにあってほしいという願望である。そしてそれは、弱者が抱く強者への妬《ねた》みであり、強者に対する復讐《ふくしゅう》感情である。

アパートの隣室から響いてくる仲の良い男女の会話に耳をそばだてつつも、「どうせ奴らは孤独に耐えられない弱虫さ。日々高級な悩み事に苦悩して、一人で立派な創作活動にいそしむ俺に比べたら、しょせん奴らは汚い豚だね！」などと呟《つぶや》く、彼の惨めで虚《むな》しい自己正当化こそが、ルサンチマンの萌芽《ほうが》なのだ。

「確かに俺は二十四年間、一度も女の子と付き合ったことないけど、現実の女なんてしょせんゴミだね！　俺の脳内彼女に比べたら、生身の女なんて路傍の石ほどの価値もないね！」

そんな哀れな自己欺瞞《ぎまん》こそがルサンチマンの発露なのだ。

そしてこの鬱屈《うっくつ》した感情は、しまいには世の価値基準の転覆を試み始める。

人生の敗者と勝者を、ムリヤリ逆転しようとする。

すなわち彼は、半ば本気でこんな文章を書く。

「女と付き合ってる男は全員ダメだ。外に出てチャラチャラしてるヤツは全員クズだ。俺みたいに孤独な思索生活を長年続けてきた男こそが一番格好いいんだ！　だから誰か早く俺にメールをよこせよ！　ほらそこの君、早く俺に求愛メールを書いてよこせよ！」

……だが彼の矮小《わいしょう》なルサンチマンには、世界の価値基準を転倒させるだけの力などない。見知らぬ美少女からの求愛メールは永遠に届かないことを、そして自分には死ぬまで彼女ができないだろうことを、彼はとっくに悟っていた。

「初めまして、滝本さん。私、女子高生のレイといいます。滝本さんの小説を読んで、一目でファンになってしまいました。どうしたら、あんなにも素敵で面白い小説を書けるのか、本当に不思議です。きっと滝本さんの温かな人柄が、自然と文章に滲《にじ》み出てくるのでしょうね。バカな女子高生の私にもわかる簡単な文章なのに、とても意味が深くて、面白くってタメになります。これが飾らない知性というヤツなんだなあと思いました。初めてのメールでこんなことを言うのも本当に恥ずかしいんですけど、私もう、滝本さんのことを考えると夜も眠れないんです。恥ずかしいけどこの前撮ったデジカメ写真を送りますね……」

二年も待ち続けたが、こんなメールは一通たりとも来なかった。

自分に都合の良い妄想を抱き続けるには、その歳月はあまりにも長すぎた。

いま彼が直視するものは、ただただ全き虚無である。

すでに二年もロクな仕事をしていない二十四歳のクズ人間、一度も女の子と付き合ったことのないヘボ人間、それが偽らざる彼の姿なのだ。小説出版後もひきこもり生活は悪化するばかりであり、いずれ仕事も完全に行き詰まるに違いなかった。長らくまともな文章が書けていないのだ。このままでは、まもなく皆から見放され、完全無職に逆戻りするに違いなかった。

つまり端的に言って、彼の現状はもうダメであり、何もかもが虚無なのである。

だから彼は、もはやモテようとも思わない。「孤独にひきこもるオレ格好いい」とも思わない。目の前には茫漠《ぼうばく》とした虚無だけがあり、未来への希望も、彼が生きている意味など、むろんどこにも見いだせず、たまに胸をよぎる疑問——ああ僕の人生とはなんなのか？　そしてこの意味不明な世界とは、一体全体なんなのか？　それらに対する答えもつまり、早い話が虚無なのであり、一切合切、全部無意味なのであり、その虚無感こそが、二十四年の生涯において彼が獲得し得た唯一の真理なのであった。

……しかし、このように人生の虚しさを真摯《しんし》なまなざしで直視する彼こそが、やはり世界で一番格好いい男だということは、もはや誰の目にも明らかなことであろう。人生の虚無から目をそらして馬鹿のように浮かれ騒ぐ阿呆《あほ》どもとは、彼はひと味もふた味も違う男なのだ。

だからいますぐメールが届いて然《しか》るべきだろうと思う。

「初めまして、滝本さん。私、女子高生のアスカといいます。滝本さんの小説を読んで、一目でファンになってしまいました。初めてのメールでこんなことを言うのも本当に恥ずかしいんですけど、私、もう、滝本さんのことを考えると夜も眠れないんです」

こんな求愛メールがいますぐ彼に届いて然るべきなのだと思う。

なのにいまだにメール送信を躊躇《ちゅうちょ》してしまう女性のあなたは、ここでもう一度、物事の道理を冷静に考え直してみるべきだろう。

世の男たちはみな、あまりに考えなしである。あいつらみたいなチャラチャラした奴らは、いつも女と仲良くなることばかりを考えていて、彼のような哲学的なことに頭を使ったりしない。それに引き替え彼などは、いつも部屋に籠《こ》もって、難しい問題について頭を捻《ひね》っている。彼は、ニーチェという人が書いたタメになる哲学書などをスラスラ読みこなすほどの博識者なのである。

性格も明るく朗らかなので、いつも皆が彼を励ます。先日実家に帰ったときも、親類のお姉さんに「私は竜彦君の味方だからね。困ったことがあったら力になるからね。辛《つら》くても逃げちゃダメだよ」と温かい言葉で励ましてもらった。

祖父の二十七回忌に来たお坊さんも「滝本君、あんたまだ若いんだから、外に出なよ。外にはいろんな面白いことがあるよ。広い世界を見てきなよ。部屋に籠もってるとおかしくなっちゃうよ」と、タメになる説教をしてくれた。姉なども「あんた見てると心配で心配で」などと言って、たまに泣きそうな表情を見せる。

このように彼は、皆から好かれる好男子なのだ。小学生のころは、恵美ちゃんと交換日記をしたこともあった。いつでも彼はモテモテだったのだ――

ですからあなたも、彼にメールを送るべきである。

返事は必ず書くので、できればポートレイトも一緒に送って欲しい……

と――ルサンチマン発現の実例を爽《さわ》やかに表現し終えたところで、ついにこのエッセイは本題に入るのであった。

本題。

それはすなわちこのエッセイのタイトル、『超人計画』そのものである。

それはすなわち『わたくし滝本竜彦が超人になる計画』のことである。

おわかりだろうか？

いまこそすべてのルサンチマンを捨てて、立派で逞《たくま》しい超人に至るべきときなのだということが、皆様方にはおわかりだろうか？

『ツァラトゥストラはこう言った』には、ツァラトゥストラはこう言ったとある。

『超人は大海である』『人間という暗雲から発する稲妻である』

そんなことを言われても、具体的に何をどうすれば『超人』になれるのかサッパリわからないけど、もしも『超人』になれたなら、僕にも優しい彼女ができて、ベストセラーもスラスラ書けて、お金もドッサリ入って来ること請け合いなのだった。ひきこもり生活からも脱却できるに違いないのだった。

だからまずは『ツァラトゥストラ』をもう一度熟読し、それでもやっぱりチンプンカンプンだったなら、そのときはもう難しい本なんかゴミ箱に放りこんで、都会の街に出ることにしよう。見知らぬ彼女からのメールを待ち続ける虚しい日々には、今夜限りで別れを告げよう。

どんなに気をしっかり保っているつもりでも、長年にわたるひきこもり生活は、確実にひきこもり者の精神を蝕《むしば》んでいく。このままでは、僕はいまにもダメになってしまう。

事実この二年、僕はまったく仕事をしなかった。部屋を片づけることすら億劫《おっくう》で、この六畳一間は、すでに坂口安吾の仕事部屋よりも汚れていた。

だがこの乱れていく生活、寝て起きて妄想して昼が夜になり朝が昼になる生活が、日に日に心地よくなっていくこともまた事実であった。肉体と精神が腐れていく毎日は、思いのほか心やすらかで、僕はこのクズ人間ロードを、もうずいぶん遠くまで歩いてきてしまった。

引き返せるだけの猶予が残されているのかどうか、今ではもう、それすらも定かではない。

しかしこのままでは、いずれ僕は、確実に人間を失格する。

だから手遅れになる前に、一秒でも早く、僕は、僕という人間を、その根本から叩《たた》き直さねばならないのだ。すべてのルサンチマンを打ち捨てて、救いがたい虚無感をも乗り越えて、立派な超人へとジョブチェンジしなくてはならないのだ。そしてその修行過程を余すところなく描ききることこそが、この連載エッセイの唯一にして至上の目的なのだ。

＊

……だからみなさん、見ていてください。

これより僕は、デジカメ片手に街に出て、広い世界を見て回ります。可憐《かれん》な彼女もゲットして、新しい小説を書く気力などをもこの手につかみ取ってくる所存です。

そうして立派な男となった暁には、いずこからか一通のメールが届くのです。

それはあれほどに待ち望んだ美少女からの求愛メールではありません。

梅毒哲学者からの時空を超えた激励メッセージなのです。

『そうだ、創造の遊戯のためには、わが兄弟たちよ、聖なる肯定が必要なのだ。ここに精神は自分の意志を意志する。世界を失っていた者は自分の世界を獲得する』！

わ、わかりましたニーチェさん――『自分の世界』を見事にこの手に獲得する日まで、僕は超人ロードをひた走り続けます。

いつの日か必ず、必ず、超人になれる日が……来るといいなぁ。

第1話　永劫《えいごう》に回帰する出会い

I

久しぶりの文章仕事で知恵熱を出した私《わたくし》は、あえなくダウンし寝込んでしまった。三十八度の高熱だった。どうやら流行のインフルエンザらしい。

そしてアパートの隣室なども、やはり今夜もホットでラブラブで、かなり私は気分が悪い。

もう本当に、いい加減にして欲しい。

なぜ私が仕事を始めようとするときに限って、君らはガタガタうるさくするのか。なにか私に含むところでもあるのか。そういう嫌がらせは、ちょっと陰険すぎやしないか。

だが君らがその気なら、私にも考えがある。この私にも、現在の辛い状況を打破するためのアイデアがある。つまりこんなときこそ脳内彼女の出番なのだ。寂しいとき虚《むな》しいときは彼女を呼べばいいのだ。「た、助けてくれ」と一声彼女を求めたならば、綺麗《きれい》で可憐で素敵なあの子が、瞬く間に我が脳内空間に降臨するのだ。——ほらこのように。

「そうよ滝本さん、あなたには私がついているのよ。いくら一人暮らしの風邪が辛くても隣室を妬《ねた》む必要はないのよ。隣室の彼らだって、どうせすぐに別れるに違いないわ。別れなくってもアッという間に年取ってオジサンオバサンになるわ。いつまでも綺麗で優しい私に比べたら、あんな三次元存在なんてコンビニ弁当に付いてくる爪楊枝《つまようじ》ほどの価値もないのよ」

だが、長ゼリフを終えた彼女が、私にニッコリ微笑みかけたその瞬間である。

「ビービービービー、ワーニング、ワーニング」

脳内警報機の緊急アラームが一斉に鳴り響き、超人計画基地の床が二つに割れ、中から巨大な立体モニターがせり上がってきた。

脳内彼女はモニターに表示された観測データを、うわずった口調で読み上げた。

「なになに？　ワーニング、ワーニング、２０２号室（自室）より強い怨念《おんねん》波の放射を確認。パターン、狐？……た、大変、ルサンチマンよ！」

彼女はあたふたとした。

「ご、ごめんなさい、私が調子に乗って滝本さんの怨念を増幅したせいで……このままでは滝本さんが奴隷根性マルダシの敗北主義者に」

私は彼女の肩に手を置いて、かなり当たり前の事実を述べた。

「悪いのは全部僕だよ」

すると彼女は一瞬うつむき、素早く涙をぬぐった。

「これ以上滝本さんをクズ人間にさせやしないわ。『あの葡萄《ぶどう》は酸っぱいに違いない』とうそぶくイソップ狐的ルサンチマンを、なんとかふたりで撃滅するのよ。もう私は、滝本さんが風邪をひいて苦しんでいても、優しい言葉で慰めない。だから滝本さんも、早く生身の恋人を作りなさい。ほら早く渋谷《しぶや》に出かけて行って、見知らぬ女性に声を掛けるのよ！　さぁいますぐ動いて！」

おお、まさに彼女の言葉は、闇を切り裂く電光だった。精神の覚醒《かくせい》を促す雷鳴だった。そうだ、私は一刻も早くリアル彼女を作成せねばならないのだ。それが『超人』を目指す者の宿命《さだめ》なのだった。私は一週間ぶりにそのことを思い出した。

だが――さすがに渋谷は厳しい。ひきこもりが渋谷でナンパだなんて、全裸で大気圏に突入するぐらいの命知らずな所業だ。

「す、すみませんが、もう少しだけ時間をください。まだ熱があるし……」

「ダメよ！　そんなこといってあなた、また今日も一日寝て過ごすつもりなんでしょ。風邪で外に出られないなら、せめて具体的な彼女ゲット方法を考えなさい。そして恋愛について、のしっかりとした意識を持ちなさい。でなきゃあなたみたいなダメ人間、いつまでたっても『超人』になんてなれっこないわよ！」

……しかたがない。

私は腕を組み、恋愛について考え込んだ。

だが、だんだんと気分が悪くなってきた。胃の辺りが、なんだかモヤモヤしてきた。

理由はすぐに思い当たった。

まず第一に、虚しいひとり芝居をテキストエディタにぽちぽち打ち込んでいる我が身の姿を、ついつい冷静に客観視してしまったせいである。あまりの薄ら寒さに、具合が悪くなってくる。

そして第二に、恋愛について沈思黙考しているうち、過去の忌まわしい記憶が、脳髄の奥からゾンビのごとく蘇《よみがえ》ってきたためである。

『KOI』とキーボードを叩くたび想起される恋愛系のトラウマが、チクチクチクチクと私の精神を責めさいなんでいた。あぁこの思い出したくない記憶、もう勘弁してくれと思った。なのにまったく、何が笑顔で「キモいぞ」だあの野郎、キモくて悪かったな、しまいにはPTSDで慰謝料を請求するぞと思った。

しかしときには「彼女作ったことないのにラブストーリー小説を書くひきこもり男、かなり生理的に気持ち悪い！　恋愛についてのエッセイ書くのもやめろ！　恥を知れ！」などと、自分で自分を罵倒《ばとう》したくなることもあるので、「君キモいよ」という意見にも、確かに一片の真理が含まれているのだろう。それはわかっている。わかっているが——

だからって初々しい大学一年生だったこの俺に、あのとき君が告げた言葉は、かなりの無茶苦茶だったよねと思う。いきなり「アニメ好きでしょ？」ってのは酷《ひど》いよねと思う。「やっぱり週末は秋葉原とかに行くの？」ってのは精神犯罪だよなと思う。

……いや、俺だってわかってるよ。君たちって、可愛い顔して平然とそういうセリフを吐く種族なんだってことを知ってるよ。君たちって、一人の前途ある青年を登校拒否児にしたてあげる精神攻撃セリフを、何の罪悪感もなく吐く生物なんだよね。

……ぇぇハイハイわかってますよ、どうせ「挙動不審のお前が悪い」とか「異性と一秒以上視線を合わせることができないお前が悪い」って言うんでしょ。あの高二の秋の放課後なんかも、全部俺が間違ってたんですよね。委員の仕事で教室に二人きりだったからって、内心ドキドキしてた俺が悪かったんですよね。冷静に「違うよ」って否定すれば良かったんですよね。でも「滝本君てロリコンなの？」なんて、そんな唐突セリフを振り向きざまに真顔で囁《ささや》かれたら、普通誰だって言葉に詰まるよね。いくら授業中にナボコフ読んでたからって、そんなキッい質問してくることはないよね。いくら俺が焦って口ごもってしまったからって、「やっぱりあの人、本物みたいだよ」なんて噂をクラス中に広めることはなかったよね。――あぁハイハイ、わかってますってば。ヤケになって『ゆんゆん☆パラダイス』を教室に持ち込んだのは、確かに俺のミスでしたよ。児童がヒロインのナポレオン文庫を学校で読んでた俺の頭は、確かにちょっと大切なネジが緩んでましたよ。ですからもう、ロリコンでもペドコンでも生コンでも、なんと呼んでくれたってかまいませんよ。いくらあなたたちに後ろ指さされようと、俺はぜんぜん平気なんですよ。もう何とも思わないんですよ。それはなぜかといえば、どうせ金輪際、あなたたちみたいな生身の女なんかと談笑したりすることはないからですよ。仕事と買い物以外では、女なんかと会わないからですよ。だが俺の精神をこれほどまでにねじ曲げたのは君たちなんだということを、君たちは死ぬまで忘れないでいてくださいよ！　俺が遠くの空から君たちに呪いをかけていることを、あなたたちは死ぬまで覚えていてくださいよ！　そしてそこのおまえらも同罪だ！　そこのおまえ、北海道のあの町のおまえ、俺の粘土を窓から投げ捨てたおまえ、俺を土手に突き落としてゲラゲラと笑い転げたおまえ、俺の小説帳を取り上げて皆の前で朗読したおまえ、キョンシーごっこの名目で俺に殴る蹴《け》るの暴行を加えたおまえおまえ、おまえらみんな全員を、俺は死ぬまで呪ってるからな！　絶対に許さないんだからなっ！

……ん？

な、なんだよ？　え、手作りクッキー？　家で焼いた？　余ったから食べてみろ？

……ふ、ふざけんなよ！　いまさらそんな記憶を持ち出してきたって俺は騙《だま》されないぞ！　どうせお前も陰で俺を笑ってたんだろ？　きっとクッキーも道ばたに落ちてたヤツを拾ってきたんだろ！　うまうまとクッキーを食らう俺の恥ずかしい姿を、陰からみんなであざ笑う心づもりだったんだろ？　だから俺の選択は、決して間違っていなかったんだろ！

……な、なぁ、そうなんだろ？　どうせおまえも、すぐに不良っぽいヤッと付き合い始めたんだろ？　おまえみたいな可愛いヤツは全員、運動ができて不良っぽい男とくっつくんだってことぐらい、俺はとっくの昔にお見通しなんだぞ。そんなバカ女なんて、こっちからお断りなんだぞ――

「エマージェンシー、エマージェンシー、202号室より新たな怨念波の放射を確認。波形パターンは狐、ルサンチマンよ！……き、気をつけて滝本さん、このままでは僻《ひが》み感情に飲み込まれてしまうわ。そうならないように気を強く持って、冷静に過去を回想するのよ。さあいまこそ怨念発生源を自らの手で突き止めるときよ！　あなたにならできるわ！」

2

――でもあまり、昔のことは思い出したくなかった。あんな腐れた田舎の昔のことは、いますぐ忘れてしまいたかった。かといって、十年以上も暮らした土地の思い出は、やはり簡単に忘却できるものでもなく、つまりそこは日本でもトップクラスの僻地《へきち》だった。イヤになるぐらいの野蛮な土地だ。その町では、ちょっとばかり勉強ができたところで、高級カーストへの出世は認められない。生まれつき運動神経が死んでいた私は、思春期までに大量の劣等感を抱えこみ、中学在学中に三次元女相手の恋愛を諦《あきら》めた。その諦観《ていかん》は、中学二年の夏に買ってもらったNECのパソコンによって、さらに完璧《かんぺき》に補強された。

要するに私は、齢《よわい》十四にして、いわゆるエロゲーにのめり込んだのである。

美少女恋愛ゲームの始祖鳥として名高い『同級生』というパソコンソフトには、「そうか！　パソコンがあれば三次元女なんて生涯無用なんだな！」という危険思想を、世の若者に植え付けるだけのパワーが詰まっていた。プレイヤーのエモーションを強烈に揺さぶるきめ細やかなシナリオ、そして当時としては破格の美しさを誇っていた、人間国宝職人芸の十六色CG、それらの魅力に私はコロリとやられ、瞬く間に初恋の味を知った。粗いドットで描かれた二次元キャラに恋をした。

だがそれは、原理的に成就不可能な恋である。

当然の話だ。

なんせ彼女は二次元、私は三次元、いかに攻略フラグを完全暗記しても、何度ゲーム内で主人公とヒロインが結婚しても、プレイヤー自身の手は、決して彼女に届かない――

私がその真理を悟ってしまったのは、はからずも北海道南西沖地震の夜だった。

いきなりユサユサ家が揺れ、四方の家具が音を立てて倒れたあの夜、本棚から大量の漫画が雪崩落ちたあの夜、あまりにも唐突に発生した災害によって、ゲーム世界から現実へと強制送還されてしまったあの瞬間、停電になる前にデータを保存せねばとコクヨの勉強机からフロッピーを取り出したあの夜のあのとき――あのとき私は、なぜか唐突に、「あぁ、やっぱり君と僕とは住む世界が違うんだな」と心底ほんとに理解して、廊下で家族が「懐中電灯！」と大騒ぎしているにもかかわらず、自室で長らく呆然《ぼうぜん》とした。

まったく、辛《つら》い失恋だった。あの虚しさと口惜《くや》しさ、苛立《いらだ》たしさとやりきれなさは、すべて本物の感情だった。胸に大穴が開いてしまった気がした。私はゲーム制作者を呪った。「人の気持ちを弄《もてあそ》びやがって、お前らいったい何様のつもりだ！」と、東京方面に向かって呪い思念を送った。どうやってこの気持ちに整理をつければいいのか？　なぜに私と彼女は住む世界が違うのか？　この世には、神も仏もないというのか――？

だが時間の流れは私の気分など思いやってはくれない。まもなく高校受験が迫ってきた。私はゲームを目に付かないところに封印し、受験勉強に専念した。そしたら運良く函館《はこだて》の高校に進学できた。

そして――やはり都会での一人暮らしで、私は少し浮かれていたのだろう。ついつい二度目の初恋に陥ってしまった。得体の知れないクッキーなどを差し出されたために、ついついウッカリ舞い上がってしまった。

ゲームヒロインほどではないが、彼女もなかなか、美人であった。あのヒロインと同じ運動部に所属していて、かなり足が速そうだった。皆に優しい、良い子であった。

通学路が同じだったので、何度も一緒に登下校したのがマズかったのだろう。どもりながら談笑したのが悪かったのだろう。何度か洋菓子を与えられたこともいけなかったのだろう。ふと我に返り、これはヤバいと思ったときには、すでに手遅れだった。一年前にも感じた脳内麻薬ドバドバ気分が、いつのまにやら完全再現されていた。

「今度はリアル同級生かよ、攻略フラグがわかんねーよ、選択肢はどこだよ！」などとわめく余裕もない。同じクラスなので朝から晩まで挙動が不審になって困った。勉学もサッパリ手に付かなくて参った。精神安定のクライシスだった。早急になんとかせねばいけなかった。

だが——よくよく考えてみれば、『燃え上がるような恋愛感情』など、私はとっくの昔に経験済みなのだった。気分を落ち着ける上手な方法も、私は確かに知っていた。

折しも季節は爽《さわ》やかな七月である。期末テストはさんざんな点数を取ってしまったが、それは不可抗力というものなので、あまり気にしないことにした。とにかく夏休みが訪れるまでの辛抱なのだ。夏休みになれば、このイヤな気分からは完全解放されるのだ。だから休み前に行われる学園祭期間は、可能な限り彼女の方に目をやらないようにしてやり過ごし、待ち望んだ休暇がついに訪れたそのときは、荷物を纏《まと》めてまっすぐ実家に道南線で帰省。そうして久かたぶりの実家でホッと一息お茶でも飲んだのちには、ベッドに横になって朝から晩まで漫画を読み、面白おかしいラブコメストーリー大量摂取で脳の麻痺《まひ》に努めた。

——しかしそれでも人間女性への想いが堪えがたいほど強力ならば、思いあまって電話などをかけてしまう前に、パソコンデスクに着席し、98マルチの電源を入れよう。フロッピー九枚組のゲームデータを百二十メガバイトのハードディスクに再インストールし、あの初恋の相手、『田中美沙』を再攻略しよう。美沙のストーリーに飽きたなら、他のキャラを攻略するのも良い。昼も夜もずうっとエロゲーをやってれば、三次元女性への恋愛感情なんて、あっという間に消えてなくなるものだ。毒をもって毒を制すのだ。ヘロインの悪夢的禁断症状を覚醒剤で乗り切るがごとくに、三次元恋愛対象を二次元キャラの魅力で忘却だ。この素晴らしいアイデアと完璧な計画で、私の平穏な高校生活は安全保障されるのだ。ああ『同級生』よ、初代愛機9821Ceよ、ありがとうありがとう。あなたたちのおかげで、私は道を踏みはずさずにすんだのだ。

——だいたいそもそも、ゲーム恋愛と、現実恋愛、この二つにどんな差があるというのか。

同じように脳内麻薬がドバドバ溢《あふ》れて、同じように感動して興奮、だがそれならゲームの方が良い。情報量は想像力でカバーできるし、ゲームは保存もやり直しも可能なので、ゆったり安心プレイができる。そのうえゲームヒロインは、決してなんにも変化せず、パソコン内で、明日も明後日も私を待つ。だから人間などは皆、真面目に考慮するほどの価値もない路傍の石であり、あんまりそっちに気を取られてはいけない。気を強く持って目をそらさねばならない。

だから私の選択は正しかったのだ。十六の私は、偉かったのだ。

完璧な選択をしたのだ――

「エマージェンシー、エマージェンシー、ルサンチマン警報発令中！　危険！　危険！」

いいや、これは決してルサンチマンの発露ではない。あのとき私は、自らの意志で三次元恋愛を否定し、虚構恋愛、脳内恋愛を選択したのだ。

もはや一片の悔いもない。

「ワーニング、ワーニング、でもそれは本当のことかしら。もしもあなたがあなたの人生を、ビデオを巻き戻して再生するみたいに、そっくりそのまま最初から、何度も何度も繰り返さなくてはいけない運命だとしたら、あなたはそれでも、自分の選択を肯定するかしら？　なんにも新しいことがない、細かいところまで完璧に同じ人生を、何度も何度も繰り返さなくちゃいけない運命だとしたら、あなたはそれでも自分の人生を肯定するかしら」

……君は何を言ってるんだ？　それは輪廻《りんね》転生の話か？

「いいえ違うわ、永劫《えいごう》回帰よ。あなたの彼女なし人生が無限に繰り返されるのよ。田舎でエロゲーにはまっていた中学時代、同級生の女の子を遠目で眺めて舌打ちしていた高校時代、ただひたすら寝て過ごした大学時代が、二回三回、一億回、いやそれどころじゃない無限回、何度も最初から繰り返されるとしたならば、あなたはそれでも、自分の人生を肯定する？」

　馬鹿な、そんなのイヤに決まってるじゃないか。この人生をまたやり直すなんて、そんなの地獄だ。

「ビービービー！　この永劫回帰を肯定できない限り、あなたは決して『超人』にはなれないわ。いいえ、私みたいな脳内彼女と死ぬまで戯れていても良いのよ。人間彼女がいなくても良いのよ。ただその人生を心の底から肯定できれば良いだけの話よ。でもそれが無理なとき、あなたはルサンチマンに溺《おぼ》れ、言葉で気持ちをねじ曲げるわ。そして超人ロードを逆走するわ」

　……だったら私はどうすればいいんだ？

「今、あなたが本当にしたいことをしなさい。言葉で言い訳するのはもうやめて、自分の願いを叶《かな》えなさい！」

　そう……私は笑顔で永劫回帰を受け入れねばならない。

　梅毒で発狂寸前のニーチェが思いついたその概念は、幻覚剤におけるバッドトリップのごとき戦慄《せんりつ》の恐怖である。モテる不良に舌打ちする人生、日がな一日中パソコンの前でうつろな笑みを浮かべる人生、ひきこもって一日中ネットサーフィンに興じる人生、そんな私の人生が、無限回も最初から繰り返される——それは完全なる地獄であり、悪夢である。だがその悪夢を肯定する、人生のすべてを肯定する、そんな強さを獲得するために、私は勇気を出さねばならない。

もはや過去は過ぎ去った。そして未来は存在しない。ただいまこの瞬間だけがある。おお、私はいまこそこの瞬間、自らの意志を肯定し、聖なる肯定の言葉を発しよう。

——然《しか》り、これより私は人間彼女を作る。

——然り、彼女作成こそが、私の真の願いである。

——然り、私は自らの彼女作成願望を力強く肯定する。

そう私は彼女が欲しいのだ。よし私は人間女と付き合いたいのだ。つまり私は可愛い彼女が心底欲しいのだ！　もはやそこにはいっさいの恥も衒《てら》いも存在しない！

そうだ彼女だ！　可愛くて優しい彼女だ！

「…………」

だから決して臆《おく》してはならない。

自然の意志に従う限り、すべての行動は高らかに肯定される。すなわち私の行動は、立派で聖なるアクションであり、無限に繰り返される永遠の輝きである。検索エンジンに打ち込んだ「出会い系」というキーワードは、眩《まばゆ》いほどに煌《きら》めいている。自己紹介プロフィールを冷や汗をかきながらブラウザに打ち込んだ私の姿は、かなり見事に『超人』である。

だから私は最高の笑顔で送信ボタンをクリックしよう。それはなんにも恥ずかしいことではないのだ。みんなやってることなのだ。女子高生の出会い系サイト利用率はもはや三十パーセントを超えているのだ。別に犯罪を犯そうってわけじゃないのだ。『自称小説家、未成年に援助で逮捕』などという新聞の見出しを想像するのはやめるのだ。ただ恋愛がしたいだけなのだ。渋谷でナンパなんて無理だから、もはやこれしか方法がないのだ！

おお見よ！

『超人』の到来は近いぞ！

……や、やっちまった。

ご希望の条件のお相手を表示します。

検索結果

1名の方が検索条件にマッチしました。
その内の1-1名を表示しています。
Page 1/1

ネーム	たきもと	年齢	24才	住所	神奈川県川崎市		
ID	m2600822	出身地	北海道	趣味	読書、音楽、映画		
利用端末	PCを利用	年収	300万円	誕生日	1978年9月20日	星座	乙女座
学歴	大学中退	身長	164cm	体重	50kg	血液型	O型
職業	フリーライター	たばこ	吸う	お酒	飲まない	離婚歴	なし
自己PR	はじめまして。出会いがまったくない日々を過ごしている二十四歳の男です。 毎日、暇な時間が沢山あるので、もしお付き合いできたら、いろいろなところに遊びに行きましょう！ 性格は、結構明るい方です。趣味も沢山あって、スポーツやクラブ通いなどが好きです。 もちろんインドア系の趣味も一通り押さえているので、準備は万全です。どんな方にもまんべんなく多角的に対応できるかと思います。 ぜひ僕と爽やかで素敵なお付き合いをしましょう！ おたよりお待ちしております！						
相手に望むこと	人をバカにして見下したりしない方を希望します。						
出会いのペース	メール交換後、会いたい						

たきもとさんにメッセージを送る
非会員の方 ／ 会員の方

第2話　輝ける明日へ

I

すでに書き終えた原稿を何度も読み返し、輝ける明日への糧とするのが私の日課である。

モーニングコーヒーを飲みつつ、私は脳内彼女に命令した。

「超人計画・第1話を最初から朗読してくれませんか」

彼女はコクリとうなずき、私の肩越しに十九インチディスプレイを覗《のぞ》き込んだ。

「えー、ごほんごほん。『久しぶりの文章仕事で知恵熱を出した私は、あえなくダウンし寝込んでしまった。三十八度の高熱だった。どうやら流行のインフルエンザらしい』……」

このようにして、彼女の声でエッセイを読み上げることにより、自分の原稿を客観的な目で再認識できるのだ。

私はより立派な人間となるため、妥協を許さない苛烈《かれつ》な自己批判を始めた。

「人間彼女を作るためにニーチェを持ち出すなんて、ちょっと大げさすぎたかな？」

「なんだか全体的にウスラ寒くて気味が悪いわ」

「惨めさを売り物にして、読者の気を惹《ひ》こうとしてるのも気にくわないね」

「そうよ、これからはもっと堂々と、立派な大人の洒脱《しゃだつ》なエッセイを書かなくちゃ」

……むろん。

私は彼女に重々しくうなずいてみせた。

すでに自己卑下の時代は終結したのである。だいたいにおいて、『俺はダメだダメだ』などという独り言ほどイヤらしいものはない。そのような自己卑下文を全世界に向けて公開しようとする心性の陰には、世の価値を密《ひそ》かに転倒させようと試みる、後ろ暗いルサンチマンが潜んでいる。つまり前回のエッセイにも、「ダメな俺こそ偉い」「恋愛経験ゼロの俺こそ尊い」「深刻な悩みに打ちのめされている俺こそが立派」などという弱者の主張が、筆者も知らぬうちに多々紛れ込んでいたのである。

――あぁまったく、ルサンチマン打破運動そのものが、ルサンチマン発生源と化してしまうとは、人間精神の救いがたき虚弱さよ。そもそも今の私には、自分を卑下する要因など、もはや何ひとつとして残されていないではないか。

事実、私は二十四年間ずっと人間彼女がいない。大学も中退し、将来も不安である。だがそれらのネガティブ要素など、この不況の新世紀においては、何ら目新しくも物珍しくもない。リストラされたオジサンの苦悩に比べれば、私のちっぽけな悩みなど、存在しないも同じである。

そして――あぁ、確かに私は背が低い。少年ジャンプに載っている『身長のばし機』の広告を見るたびに、暗鬱《あんうつ》とした気分になる。だが神奈川クリニックに駆け込むべきかと煩《はん》悶《もん》している少年の葛藤《かっとう》に比べれば、私の劣等感など無に等しい。また、無職に等しい自堕落生活を送っている私ではあるが、代々木のクリエイター養成学校に通っている若者に比べれば、私の人生設計は石橋のごとく堅実である。

――おお、このようにして世の人々と私の立ち位置を比較してみたならば、まさに私こそが強者であるという事実がたちどころにして判明したではないか。そうだ、もはや私には、何の負い目も劣等感も存在しない。運動会に出る必要もないので、皆から「死ねブタ！」とバカにされる可能性もない。音楽の時間もないので、皆の前で顔を赤らめ歌う必要もない。あの悪夢のような中学時代は、すでに遠くに過ぎ去った。私は立派に成長し、いまでは爽《さわ》やかな好青年だ。角川の新年会にも出た。偉い人と名刺交換もした。もちろんスーツも持っている。まさに見事な企業戦士である。私は彼女の手を取り叫んだ。

「なんだ俺って結構イケてるじゃん！」

「……そ、そうね滝本さん」

「よおし、これからは明るいエッセイばかりを書くぞ！　そして明日にも人間彼女をゲットするぞ！　なんだか勇気が出てきたよ。出会い系サイトからのメールを待つまでもない、いますぐ渋谷に飛び出したい気分だよ。アマゾンで『モテる技術』って本も注文したし、君とのシャドー恋愛で実力もつけたし、もう準備は万全だよ！」

「……知ってるかしら滝本さん。人間彼女と恋愛するには、実際に『出会い』をしなくてはいけないのよ」

「はぁ？　何をイマサラ当たり前のことを」

「出会うということは、およそ一メートルぐらいの距離で、互いの容姿をマジマジと検分しあうことを意味するのよ」

「だ、大丈夫さ。このまえお母さんが買ってくれた暖かいセーターを着ていけば、ファッションもバッチリ完璧《かんぺき》――」

「ここ数ヵ月、自分の顔を鏡で十秒以上、しっかり眺めてみたことがある？」

「ない」

脳内彼女は私の手を引っ張って、洗面所に連れて行った。

＊

そうして数刻が経過したのち――

不意に洗面所の奥から、獣のごとき雄叫《おたけ》びが轟《とどろ》いてきた。

それはひとりの男の、なりふり構わぬ魂の絶叫であった。

「エリ・エリ・レマ・サバクタニ！（カミよ、カミよ、なんぞ我を見棄てたもうや！）」

2

三年ほど前のことである。

私はエロゲーのシナリオを、部屋に籠《こ》もって執筆していた。金になるのかならぬのか、まったくもって定かではない、最後まで書き上げられるのかも疑わしい原稿に、私はひたすらのめり込んでいた。（結局、私自身の無能と怠惰が原因で、そのシナリオはゴミ箱行きとなってしまったが）しかしともかくそのひととき、私は全身全霊をもってして、脇目もふらずエロゲーシナリオ執筆に励んでいた。古今東西の物語ヒロインを類型分析し、エロゲーシーンの趨勢《すうせい》を分析し、これが御家庭に一本あれば、もう他のゲームも小説もマンガもアニメもまったく購入する必要がないという『完全エロゲー』『神のエロゲー』を作るため、かなり真面目に頑張った。

知恵もなく経験もない若造が究極で完璧なエロゲーシナリオを書き上げようとするその見通しのなさ、まったくもって思慮が足りないその行動、己の実力を知らないバカ男の無能な現実逃避と、いまでは鼻で笑うしかないが、当時の私は、あまりに愚かな若者であった。ハードディスクの肥やしにもならないゲームシナリオを、リポビタンDがぶ飲みしながら書きまくった。

視野が狭くなっていたのだろう。あのとき私の世界は、エロゲー一色に覆われていた。

エディタの中に精神がとけ込んでいく感覚、文字と自分が混ざる感覚、そして自動的に構築されていくプロットと、そのプロットを文字にするだけで自動的にシナリオが完成していく夢のようなライターズハイ——もはや手本のフランス書院文庫は無用であった。ただ私は私の意志の赴くまま、自由にガチガチとキーボードを叩《たた》いた。昼もなく夜もなく、顔に満面の薄ら笑いを浮かべ、一日十六時間シナリオを書き、夢の中でもエロゲーで遊んだ。

重い食事を摂《と》ると思考が鈍るので、仕事中はチョコレートとコーヒーで血糖値を保ち、寝る前に一食だけ、コンビニ弁当を食べた。体重はどんどん減ったが、それにともない思考はますますヒートアップしていった。もはやシナリオの主人公と、それを書いた自分自身の区別さえもおぼつかない有様であった。主人公が苦しむたびに私も泣き、主人公が喜ぶたびに、私も部屋でひとりで浮かれて踊った。

……むろん、これほどまでに頭のネジが緩んでしまうと、どんな創作活動もおしまいである。客観性を失った人間が描くシナリオなど、産業廃棄物として裏山に埋めるしかない。

だが繰り返すが、あのとき私は愚かな若造だった。脳内麻薬の生み出す高揚感に溺《おぼ》れ、「エロゲーの神が降臨した！」などという頭の悪い勘違いに囚《とら》われてしまった。この天佑《てんゆう》を逃してはならないとばかりに、私はさらなる食事制限を自らに課し、風呂《ふろ》トイレ掃除洗濯などという些末《さまつ》事項は、すべて行動リストの最下位に置いた。このような腐敗暗黒ドロドロ生活を半年ほども続けているうちに、とうとう一人目のヒロインのシナリオが完成した。

私は意気揚々と高校時代の友人宅に赴いた。

久しぶりに人間と会話してみようと思ったのである。

だが――

私の顔を見るなり、友人は言った。

「抗ガン剤でも飲んでるの？」


そしてつい先日のことである。実家の母から電話がかかってきた。

「もしもし竜彦？　このまえ新聞に載ってた頭にふりかける黒い粉を買ってみたんだけど、これから宅急便で送るわね。人前に出る日は、ちゃんと頭にふりかけるのよ」

「………………」

そう。もはやこれ以上、隠し通すのは不可能らしかった。

いや、全国におよそ二十人いると噂されている私のファンならば、すでにとっくにお気づきのことであろう。

すなわち――「現存するすべてのインタビュー写真において、滝本竜彦は帽子を目深にかぶっている」という事実を、賢明なる読者の皆様は、先刻承知のことだろう。

すでに三年前から、私の頭髪はかなりやばいことになっていた。エロゲーシナリオ執筆における不摂生が、最初のトリガーだった。わずか半年で人相が変わるほど毛が抜けた。

まだヘアスタイルで誤魔化せないこともなかったが、いまにも地肌が透けて見えそうなぐらいであった。

そうこうするうちに最初の小説が出版されてしまった。何度か雑誌のインタビューを受けた。私は念には念を入れ、すべての写真撮影を帽子着用でやり過ごした。女性ファンからの求愛メールが来なくなるといけない。ビジュアルは大事である。

むろん希望を捨てたわけでもなかった。陰でしっかり育毛に励めば、いずれ帽子を脱げる日が来るに違いないと思っていた。素晴らしい医薬品も多々開発されている。抜け毛の原因となる男性ホルモンを抑制するミノキシジル、そしてフィナステライド、これらの薬物をぺたぺたと塗り、飲み、常に頭皮を清潔に保って、毎日三食、栄養のある食事をいただいたのなら、一年もしないうちにフサフサ再発毛するだろうとタカをくくっていた。

しかし鏡を見るのはイヤだった。マジマジと自分の頭を直視した瞬間、お腹が痛くなって、死にたくなって、それで結局ストレスが積み重なって、毛が抜ける――だから決して、己の姿を客観視してはいけなかった。己がハゲであることを忘却せねばならなかった。どうせひきこもり人間は、滅多なことでは人前に姿を現さないのだ。アパートに籠もっている限り、私はハゲであっても、ハゲではない。年に数回の写真撮影だって、帽子をかぶれば誤魔化せる――

だがいま、再び、人間彼女を作るため、数ヵ月ぶりに鏡をとっくり覗《のぞ》き込んでみれば、おお、なんということか……いつのまにこれほど……

おお……いま鏡の向こうに存在する二十四歳男子の頭は、ものの見事に、致命的に、修復不可能なほどに……おお、おお、神も仏も存在しないのか……こ、これは、酷《ひど》い……そんな、まさか……こんな、こんな……

*

「こんなのってないよ！　彼女いないひきこもりハゲなんて、ヘレン・ケラーばりの三重苦じゃないか！　こんな頭じゃ一生彼女ができないじゃないか！」私は地団駄を踏み、洗面所で絶叫した。

「落ち着いて滝本さん。ハゲにも人権はあるわ！」

「き、気休めを言うのはやめろ！　これからみんなが俺のことをバカにする。ハゲひきこもり、彼女いないハゲ、ハゲ二十四歳、ネタ切れ小説家ハゲ、生きてる価値ないハゲ、長男ハゲ、田舎出身ハゲ、コンビニで店員にドモるハゲ、この年になってネットでエロ画像を集めるハゲ、海外からクスリを個人輸入したのに何の効果も現れなかったハゲ、友達の少ないハゲ、惨めなハゲ、足の遅いハゲ、音痴なハゲ、くだらないエッセイを書くハゲ、恥知らずなハゲ、よくもまぁそのナリでいけしゃあしゃあと人前に出るハゲ、お前はもう死ぬまで部屋に籠もってろこのハゲ、お前はもうおしまいだこのハゲ、いますぐ死ねこのハゲ等々と、みんなが俺をバカにして——」

だが彼女は、洗面所の床に崩れ落ちていた私の胸ぐらをつかみあげ、平手で頬を打った。

「バカっ！　そんな滝本さん、私の滝本さんじゃないわ！　あなたは何様のつもり？　たかが毛が抜けたぐらいで、ヤケになるのはおやめなさい！　『ワンス・アポン・ア・タイム・イン・チャイナ』のリー・リンチェイをご覧なさいよ。頭を剃《そ》ってるのに、あんなに強くて格好いいでしょう？　なのにあなたはハゲごときで、人生をゴミに出すつもり？　二人で超人ロードを歩こうよねって、この前一緒に決意したばかりなのに、その約束を、あなたは破るの？」

「……き、君にはわからないんだ。毛の少ない男の気持ちなんて、君にはわかりっこないんだ！」

「ええそうよ、わかるわけないわ！　あなたの気持ちなんて、私には一生わからない！……で、でも、それでも！」

彼女は涙をぬぐうと、渾身《こんしん》の力で私を抱きしめた。

「あなたを愛しているという私の気持ちは本当よ！……だからお願い、立ち直って。いつもの滝本さんに戻って！」

「レ、レイ……」

「滝本さん……」

こうして二人はガバと抱き合った。

愛であった。

愛ではあったが……しかし、しかし、現実問題、このままだと二度と人前に姿を晒《さら》せないという事実には何の変化もなく……

「いいえ大丈夫。ハゲ問題に限ってだけ、ルサンチマンの解放を許可するわ」

彼女はニッコリ微笑んだ。

「ハゲというマイナスの価値を、あなたの怨念《おんねん》パワーによって、プラスの価値に転換するのよ。妬《ねた》み嫉《そね》みはあなたの得意技じゃない！　あなたにはできるわ、さあ頑張って！」

「……そ、それは要するにこういうことかな？『人生について真摯《しんし》に思い悩んでいるからこそ俺はハゲたのであって、ハゲてない男は全員、もうどうしようもないノータリンか、あるいはとっくにカツラをかぶってるに違いない』なんていう独り言を、朝から晩までブツブツひとりで呟《つぶや》くってことかな？」

「そうよ、それでいいのよ！——わかるでしょう滝本さん、女にモテるチャラチャラしたヤッらは、みんな髪を茶色に染めて、長くサラサラ伸ばしてるわよね。でもああいった長髪男は、みんな全員、どうしようもないダメ人間なのよ！　あいつらみたいなフサフサ男は、クズでろくでなしで、来世はムシケラなのよ！　でもその点、滝本さんみたいな頭の薄い人は、見るからに理知的で、哲学的で、かなり格好がよく見えるわ！　見る目のある女の人なら全員、頭皮が透けて見える滝本さんの勇姿に、もう身も心もメロメロよ！」

「……そ、そうかな？」

「あの知の巨人、ミシェル・フーコーだってハゲじゃない。一休さんも後白河法皇も瀬戸内寂聴も、ビスマルクもレーニンもネオナチも、みんな全員ハゲじゃない！」

「……そうか！　偉大な人間にもハゲが沢山いるんだね！」

「いいえ違うわ！　ハゲだからこそ偉大な人間なのよ。K―1選手の大半はハゲよ。もっとも『超人』に近い男と呼ばれているボブ・サップ選手もハゲよ。むしろハゲでなければ『超人』にはなれないのよ。――だからほら、楽天市場に注文したハゲアイテムが、代金引換で届いたわ。ナショナルが誇る家庭用電動バリカン・スキカルを使って、さらなるハゲ道を歩みなさい！」

「あ、ありがとう。さっそく風呂場《ふろば》で使ってみるよ。ええと……ムラにならないよう前後左右に動かして、くまなく髪を刈り上げて……」

「それが終わったら、世界最高水準の切れ味を誇るジレットマッハシンスリー・ターボを使いなさい。千円もする高級カミソリで、頭をゾリゾリしてみなさい。おっと、剃る前にシェービングジェルをたっぷり塗りつけなさい。でないと頭が血みどろになるわ」

「わかったよ。気をつけて剃るよ」

「剃った者勝ちなのよ。完全にハゲる前に剃るのよ。剃ることによって、あなたはハゲからスキンヘッドに生まれ変わるのよ！——だからリピート・アフター・ミー、ああハゲは美しい！」

「……ああハゲは美しい」

「スキンヘッド・イズ・ビューティフル！」

「す、スキンヘッド・イズ・ビューティフル！」

おおハゲ祭りが始まったぞ。スキンヘッドカーニバルが始まったぞ。みなさまの耳にも届くでしょうか、この全世界より木霊《こだま》するハゲ賛美のシュプレヒコール、ツルツル頭万歳の唱和、坊主もネオナチも疲れたサラリーマンも、みんなで手を繋《つな》いで輪になって、仲良く叫ぶスキンヘッドコール——

「剃れ、剃るんだぁ！」

「今だやったれ、お前は男だ、そりあげろ！」

そうだ祭りだカーニバルだ！　御神酒《おみき》をぶっかけろ！　カミソリで煩悩を断ち切り、高らかに歌え！　このハゲ賛美の歌声、天にも届け！

そして己の運命を受け入れハゲと共に生きろ！　ハゲを肯定し『超人』へと至れ！

おお見よ、『超人』の到来は近いぞ！

……もうやけくそです。

第3話　運命愛の陥穽《かんせい》

I

テレビを見ると頭が悪くなる。

なんて恐ろしいことだろう。「花粉症には風水で！」「アポロは月に行ってなかった！」等々の、あまりにノータリンな有害電波が、朝から晩まで垂れ流しにされているのだ。日本国民を低脳化させてやろうという何者かの意図を感じ取らずにはいられない。アメリカの大資本家などが、裏で恐ろしい企《たくら》みを繰り広げているに違いない。

だがそれでも一縷《いちる》の希望は存在している。むやみに悲観的な気分になる必要はない。いますぐチャンネルを民放からＮＨＫに切り替えたならば、もう洗脳電波は怖くないのだ。ＮＨＫ、すなわち日本放送協会は、公共の放送局なので、国民の我々を守ってくれる。あの忌まわしい資本主義の毒電波から、僕らを助けて守ってくれる。

ほら、ブラウン管の向こうに広がるのは眩《まぶ》しく美しい大自然、あるいは大宇宙の深遠なる神秘。

このような科学的で教育的なＮＨＫの番組を、毎日たくさん見ていれば、おのずと精神が良くなり、気持ちも落ち着き、知能もアップして、日本経済も上向きになるというものだ。

エコロジー精神を高めるためにも役立つ。深夜にぼおっと『房総半島巡り』などを眺めているだけで、自然の有り難みが身に染みてわかってくる。地球に感謝して、この星に生まれてこられた我が身の幸運に、敬虔《けいけん》な気持ちでありがとうと言えるようになる。

このように、NHKはとても素晴らしい放送局なのだ。

民放とは違い、いつも面白くってタメになる番組ばかりが放映されているのだ。

なればこそ、NHKからの出演依頼メールが来たときの嬉《うれ》しさといったらもう、天にも昇る心地であった。

まさに私は小躍りせんばかりであった。

それは雪積もるお正月のことである。

我が脳内に住まう彼女兼秘書が、不意に訪れたEメールを読み上げた。

「あらめずらしい、お仕事の依頼よ。えー、なになに？　た、大変、テレビよ！　TV番組にゲスト出演してくださいってメールが日本放送協会から！……で、でも、ダメ、ゼッタイ！　こんな番組に出たら、滝本さんの頭がおかしくなっちゃうわ！　滝本さんの弱々しい精神では、こんな大役つとまるわけがないわ！……ねえ、お願いよ、この仕事、断りましょう。絶対に酷《ひど》いことになるわ。間違いなくひきこもりが悪化して、ゆくゆくは富士の樹海に――」

だが私はピクリとも動じなかった。テレビごときに怖《お》じ気づく私ではなかった。

あたふたとする彼女を制し、静かに口を開く。

「ど、どんなことを教えてやればいいんだろうね？　最近の小学生は、小説なんて読まないからね。いくら僕が実践的かつ普遍的な小説作法を教えてやったところで、そんなの馬の耳に念仏だろうし」

「…………？」

「あの小学校に行くのはもう十二年ぶりかな？　お世話になった先生方に挨拶《あいさつ》しないとな。浜先生は元気かな？　まさかこの僕が、テレビの撮影で一日学校教師をやることになるとは、みんな夢にも思ってないだろうな。……まぁこれも文化人の務めだろうから、しっかり国民を啓蒙《けいもう》してくるよ。上ノ国《かみくに》小学校の子供たちに、ひいては全国のお茶の間に、小説神髄を叩き込んでくるよ」

――そう。いずれこの日が来ることはわかっていた。NHKのような素晴らしい放送局ならば、NHKの番組に負けず劣らず素晴らしい小説を書いているこの私を、いつまでも放っておくはずがないのである。なればこそ私に『課外授業・ようこそ先輩』の出演依頼が来るのは、誰の目にも明らかな、極めて自明な自然の摂理なのである。

そのうえ私は、来るべき明日への努力を惜しまないタチであった。私はここ数年、「カメラにはこの角度で映してもらおう」「難しい抽象的なことを喋《しゃべ》って、皆から頭の良い人だと思われよう」「たまにはトンチの利いた冗談を交えて、知的で面白い人だというイメージを国民の皆様に植え付けよう」「そうしたならば、いずれみんなの人気者になれるに違いない！」等々というテレビ出演シミュレーションを、幾度となく繰り返してきた。

おお、ついにその成果を世に知らしめるべき時が訪れたのである。立派な文化人の晴れ姿を、世の皆様方にお披露目《ひろめ》すべき日が到来したのである。さらにそのうえなんという僥《ぎょう》倖《こう》か、もしも収録を上手にこなすことができたなら、いずれ美少女アイドルとも知り合いになれるに違いなかった。なぜならテレビ局にはいつもアイドルがいる。そしてアイドルだって、私のような知的青年と恋仲になりたい。つまり二人は、必然的に結びつく運命にあるのである。

おお、この偉大なる運命愛、まさにＮＨＫからの出演依頼メールこそが、我が運命の歯車が勢いよく回転し始める第一の兆候なのであろう！

そうだ、アイドルを得ずして何が『超人』か！　男子たるもの、アイドルと結婚せずして、なにが人生か！　み、見よ！　このテレビ出演をきっかけとして、私はこれより芸能界に接近する！　そしてアイドルの愛を勝ち取り『超人』となる！

よおし！　頑張るぞ！

＊

だが時は巡り、二月十一日、午後三時……

渋谷NHKの三階控え室には、雨に濡《ぬ》れた小動物のごとく身を縮めたウスラハゲがいた。

このハゲがいかに元気よくカメラに映ろうとも、決して皆から尊敬されることはない。

むろんアイドルと知り合いになれる可能性もない。なぜなら彼の出る番組は、『ようこそ先輩』でも『真剣10代しゃべり場』でもない。

……あぁ、わかっていた。この世の中に、そうそううまい話が転がっていないことなど、とっくの昔に知っていた。それでもテレビで自分の本の宣伝ができれば良いなぁなどという甘い考えに囚われて、ついつい私は出演OKしてしまった。

――そうさ私は、これまでに何度も雑誌インタビューを受けたことがある。ラジオで喋ったことも、トークライブに招かれたこともある。だからテレビのお仕事なんかも、ぜんぜんヘッチャラ、簡単さ！

などなどと、私はつい数時間前まで、かなり楽天的な気分でいた。

――むしろテレビを利用して、最大限に営業活動してやるぜ！

私は世間様を舐《な》めきっていた。

――えぇ？　『ひきこもり〜扉の向こうからのSOS〜』？　ぜんぜんそんなの怖くね

えよ！　いくらでもハゲひきこもりの醜態を晒《さら》してやるよ！　お茶の間の皆様方も、どうか好きなだけ俺を見下してくれよ！

だいぶ頭の悪い方向に開き直っていた。

だが……なんなんだこのプレッシャーは？

収録開始時刻が近づいてくるとともに、胃壁が溶けていく気配を感じた。歯の根もカチカチとしてきた。毛根が数千本単位で死んでいく、極めて強力な大津波的ストレスが私を襲っていた。

そう——よくよく考えてみれば、これは、ひきこもり問題について真剣に悩んでいる人たちが見る番組なのである。冗談の通じる場所ではないのだ。

当然、私も真剣になって、ひきこもり問題について頭を捻《ひね》らねばならない。

ひきこもりについての真実を語らねばならない。

だが——はたして真実とは？

そもそもこの私に、何か一言でも、本当の言葉を喋る能力があるのか？

「…………」

自分のひきこもり原因すらも定かでないのに、よそ様に向かって気の利いたアドバイスなど、偉そうに話せるわけがない。私が知っているのは、ただ私の長年に及ぶゴミクズ生活、その実態のみである。

使えそうな言葉や格好いい格言を胸の奥に探してみても、気の利いたセリフは見つからなかった。不特定多数の他者に向かって投げかける言葉を、いまの私はこれっぽっちも持ち合わせていなかった。

……まったく、なんということであろう。

あと数分で収録が始まるというのに、どんなことを喋ればよいのか、マイクに向かってなんというセリフを囁《ささや》けばよいのか、何ひとつ、何ひとつ、一グラムたりとも思い浮かんでこない。

「……レ、レイ」

私はいつものように、脳内彼女に助けを求めた。

だが彼女は、薄ら笑いを浮かべ、私を上目遣いに見つめた。

「なあに滝本さん？」

きっと私を蔑《さげす》んでいるのだろう。彼女の制止を振り切って、分不相応な仕事を引き受けてしまった私を、あざけり笑っているのだろう。

しかし頼るべき人は、彼女の他に、存在しない。

私は頭を下げてお願いした。

「適当な言葉を僕にください。スタジオに移動する前に、良い言葉を僕にください」

「――そうね。じゃあ今日は、ちょっと普段と趣向を変えて、こんな言葉はどうかしら?」

彼女は小さく微笑むと、ポケットから一冊の小冊子を取り出し読み上げた。

「摩訶般若波羅蜜多心経《まかはんにゃはらみったしんぎょう》……」

私の脳内に彼女の声明が軽やかに轟き渡ったその瞬間、控え室のドアが開いた。

「本番始まります。みなさん移動してください」

私は半ば放心状態でスタジオ入りした。もつれがちな足取りで円形テーブルの隅に腰を下ろし、震える指で胸にピンマイクを取り付けた。

やはり頭の中は完全なる空白だ。

胃も痛い……

「……でも大丈夫よ。ぜんぶ空だから」

彼女はまたもや般若心経ガイドブックをペラペラとめくり、そんな意味不明セリフを私の耳元にそっと囁いた。

2

スタジオは眩《まぶ》しかった。

頭上から照りつけるライトが、私の頭頂部をテカテカと輝かせていた。

私は何度も咳払《せきばら》いをした。「ごほんごほんごほんごほんごほんごほん」と咳を払い、それから手の甲で額の汗をぬぐった。テカリ止めのドウランが落ちてしまった。私はあわてふためいた。メイクさんが手早く化粧直しをしてくれた。

しかし……まもなく収録が始まるというのに、依然として言葉は出てこなかった。カメラの向こうに語りかけるべき言葉はなかった。巨大な五台の業務用カメラが私を睨《にら》んでいた。多数の番組スタッフが、プロらしいキビキビとした動きで、細々とした段取りを進めていた。

カメラチェック、マイクチェック、照明チェック、台本チェック、そして――

「本番いきまーす。三、二、一……」

ついに始まってしまった本番の緊張と、色即是空の教えを説く脳内彼女の囁きに、私は背筋をぴんと伸ばした。助けてレイ――

「……ねえ、わかる？　色、すなわちあなたが目にする物、肌に耳に感じる刺激、頭で考え思うこと、そういったすべての物事は、全部が全部、空なのよ。本当は何もないのよ」

そんなのわかるわけがないじゃないか。

「いいえ、興奮することはないのよ。この立派なスタジオも、恐ろしげなテレビカメラも、綺麗《きれい》に輝く女子アナウンサーさんも、全部ホントは幻なんだから、目に見えるものは全部イリュージョンなんだから、安らかな気分になればいいのよ。ほら私も幻想だし、あなたの存在そのものも、実は百パーセント完璧《かんぺき》な妄想よ。あなたも私も、地球も宇宙も、すべて無明《むみよう》の闇が生み出す幻影よ。だからほら、『変なことを言ったら全国的にバカにされてしまう』というその思い込みを断ち切りなさい。『間違ったことを言ったら皆に糾弾されてしまう』というネガティブ未来予想を打ち捨てなさい。――ねえ、わかるでしょう？ ここはホントになんにもない所よ。なんとなくNHKのスタジオに見えるけど、テレビカメラがあなたの後頭部を撮影している風にも思えるけど、それらは全部、幻想なのよ。怖がることはないのよ……」

「む、無理だ。この期に及んで、そんなエセ仏教で心頭滅却できるわけがない。もうすぐこっちに質問が振られるから、だからその前にもっと良い言葉を――」

「だったらこんな話はどうかしら？」

彼女はまた新たな本をポケットから取り出し、朗々と読み上げた。

「『哲学的な事柄についてこれまで書かれた大抵の命題や問は、偽なのではなく無意義なのである』――というわけで、どうせあなたが何を喋《しゃべ》ったところで、それは全部、ただのタワゴト、なぜならこの世界に、超越的な真理は存在しない。あなたがひきこもり問題に対して、どのようなアホゼリフを吐いたとしても、それは結局、仕方のないこと。だからあなたは安心して、悠々とタワゴトを吐くが良いわ。あなたたちは死ぬまでタワゴトばかりを喋り続けるが良いわ。そういう面白い遊びを、最後の最後まで続けていくのよ――」

「ごめん、それも理屈っぽすぎて、いまいちピンと来ない。もっと直感的にわかる言葉で励ましてくれ。ほら急いで！」

彼女は私をチラリと一瞥《いちべつ》すると、しばし腕を組んで考え込んだ。しかしその表情は、やはり呆《あき》れた風情であった。

……無理もない。流し読みしただけの小難しい本を思い出して、本の内容を自分の都合のいいようにねじ曲げて、即席の精神安定剤を作り出そうとする私の努力、まったくもってバカみたいでアホみたいで、完全にＴＰＯをわきまえていない。

現在、テレビ収録の真っ最中なのだ。本当はもっと、ひきこもり問題について、頭を捻って考えなければならないのに、なのに私は、さっきから何を考えているのか――？

確かにガクガクブルブル緊張してはいるものの、しかしその緊張も、果たしてどこまでホントの気持ちなのか、まったくもって定かではない。どうもカメラを意識すると、自分の挙動が、ぜんぶ芝居に思えてくる。人の目を見て話せない、視線が勝手にふらふらとさまよう、そんないつもの挙動不審な仕草も、まるっきりこれ、いかにもありがちなひきこもり演技だ。

司会者に、「なぜひきこもりを始めたんですか？」と問われて、「どうやら僕は、ただ単にダメ人間だったらしく」などと答えるあたりも、まるっきり自分の小説のセルフパロディである。

ホントになんと言ったら良いものか、どんなセリフを呟《つぶや》いても、全部が全部、白々しい嘘に思える。本物の言葉を探そうとしても、結局モゴモゴ口ごもって、そしてあせって赤くなるだけで、ますます緊張がヒートアップし、喋るスピードはギヤダウンし——だが、焦れば焦るほど言葉に詰まっていくこの感覚も、実のところは、自意識過剰青年が陥りがちな思考パターン、何ら目新しいことがない、毎度おなじみのひきこもり運動、極めて典型的な思考グルグル状態に過ぎなくて——だからもう、どんな言葉を話してみても、どんな態度を取ろうとも、全部が全部、どこかの誰かのパロディにしかならない、そんな感じがしてしまう。

——だいたいにおいて、ひきこもりが良いことなのか悪いことなのか、私にはそれすらもわからないのだ。何もわからないのだ。ホントにもう、どうすればいいんだ？

しかし彼女は私の頭をツルツルと撫《な》でて囁く。

「ふうん、何もかもわからないですって？……ええそうよ、そもそも本当のことなんて、どこにもあそこにも存在しないのよ。良いことと悪いこと、正しいことと間違ってること、そういった価値基準は、全部どこかの誰かがでっちあげた、ただの生活習慣なのよ。ですからあなたも、あまり無駄なことに頭を使わないで、適当なことをペラペラ喋りなさい。喋ることが人生です。何を喋っても良いのです。あなたのセリフを批判できる人はいません。だって誰にもホントのことはわからないんですもの。誰だって、自分が何を喋ってるのかわからないんですもの。ぜんぶデタラメなんだもの。……あらデタラメって言葉が悪ければ、そうねやっぱり、これはゲームね。これは言葉をやり取りするゲームよ、誰も正しいルールを知らないゲームよ。ただなんとなく慣習に従って言葉のキャッチボールをするのが、このゲームの昔からのしきたりです。さぁ大きく息を吸って、吐いて……ほらほらもうすぐカメラがこっちを向くわよ。格好いい表情を作りなさい。良いポーズを取りなさい。そしてあなたは、自分の好きなようにデタラメをわめきなさい」

だが、こうまで言われても、面白いことを喋る勇気は出てこなかった。

沈黙に耐えられなくなった私は、何の考えもなく口を開き、ぼそぼそとクダラナイ体験談を語った。毒にも薬にもならぬセリフでお茶を濁した。

「僕はダメ人間なので」「いやぁ、ひきこもりの原因はいまだにわからないですね」「やはりネットがいけません」「朝から晩までネット三昧《ざんまい》の生活でして」

何の実感も湧かない無難な言葉だけを、ペラペラと呟いた。

死んだ言葉だけをツラツラと横に並べた。

そうこうするうちに、いつのまにやら数時間が経過した。

キリの良いところで休憩が入った。

私はトイレに赴き、個室でしばし休憩した。

彼女は外で、私を待った。

「…………」

いがらっぽい気分だった。大嘘つきになった気分だった。

いや、事実私は嘘つきである。自分のひきこもり生活さえも、ありのままに話すことができない。なぜ私は、「ネットで一日中エロ動画を集めてます」と言えなかったのか。せめてそのぐらいの真実を語るべきではなかったか。

「いいえ……そんな言葉、この番組の文脈にそぐわないわ。別になんにも気にすることないのよ……あなたはこのまま、平凡な言葉でお茶を濁していればいいのよ……」

個室の外から彼女の声が聞こえてきたが、やはりその声色には皮肉の響きが含まれている。

臆病《おくびょう》な私に、心底呆《あき》れているらしい。

本当は私を叱咤《しった》激励し、「言いたいことを言ってやれ」とけしかけたいのだろう。

だが彼女は私の脳内存在である。つまるところ彼女は、私にとっての精神安定剤に過ぎない。彼女は私にとって本当に都合の悪いことを、一言たりとも喋らない。ただ言葉の端々に皮肉を込めるのが精一杯の、自意識薄い脳内生物、それが彼女だ。人間彼女の代用品だ。

しかし……そんな彼女の存在意義とは、果たして一体、なんなのか？　そして、操り人形同然の偽物彼女に、十年近くも慰められてきた私とは、果たしてどういう人間なのか？

「………………」

——何もかもが間違っているような気がした。

このままではいけない、そんな気がした。

だが彼女の囁きは、いつでも甘く、そして優しい。彼女さえ側にいてくれたなら、私はいついつまでも生きてゆけた。いつでもどこでも、優しい他者は、そこにいた。私に温かい言葉、甘い言葉だけをかけてくれる彼女は、確かにそこに、存在していた。

いまもトイレの壁一枚を隔てた向こうに、彼女はひっそりと佇《たたず》んでいて……

「……ごめん」

便器に腰掛けた私は、ドアの向こうに呟いた。

「なにをいうのよ」

ドアに寄りかかっているらしい彼女は、小声でひそかに囁き返した。

「わかってるよ。勇気が出せない言い訳を、いつも君に肩代わりしてもらうなんて、僕は最低の弱虫だ」

「………」

「君はいつも僕を慰めてくれた。二年間ずっと小説が書けなかった僕を、君はあの手この手で慰めてくれた。『正しい言葉なんて何もないから』『喋るべきセリフなんて何もないから』『デタラメを書くよりは、書かない方がいいわ』『くだらないことを喋るよりは、じっと黙っていた方がいいわ』『だから今日のところはお休みなさい』なあんて言葉で、君はいつでも僕を慰めてくれた。ありがとう。本当にありがとう」

「…………」

「君がいたから僕はこれまで生きてこれたんだ。君の存在が僕のすべてだったんだ。……でももう僕はこれ以上、もうこれ以上――」

＊

私は立ち上がり、扉を開けた。

彼女は目の端に涙を浮かべ、私を見つめて微笑んでいた。

「……おめでとう。やっとわかってくれたのね。そうよ、それでいいのよ。ちょっと急なお別れだけど、私たちここでサヨナラよ。さあもうすぐ収録後半が始まるわ。急いで歩いてゆきなさい。この廊下を奥の奥まで歩いてゆくのよ」

「レイ……」

「ダメよ、振り返らないで。胸を張って歩くのよ。どん詰まりの相対主義は、いずれ反転して超人ロードに変化するわ。そしたらあなたの気持ちや想いは、全部本物の言葉になる。それが借り物の言葉であっても、人様からいただいた言葉であっても、心の底から叫んでみたなら、きっとそれはあなただけの本物の言葉よ。だからお願い、自分の感情を恐れないで！　間違うことをためらわないで！　さあ、そのまままっすぐ歩いていくのよ――！」

そこで彼女の言葉はとぎれた。

私はスタジオの入り口で、思わず後ろを振り返った。彼女の姿は見えなかった。

まもなく収録が再開された。

前後左右を見回してみても、もはやどこにも、彼女はいなかった。

しかし胸の内に木霊《こだま》する彼女のセリフは、きっといつまでも私を導いてくれる――そんな確かな予感があった。

そしていつしか胸の奥にくすぶり始めたのは、燃えさかる熱い衝動だった。いますぐ大声で訴えたい本当の気持ちだった。

――そうだった。失ったと思い込んでいた自分の言葉は胸の奥底に隠れていただけだった。私にはまだ声が残されていた。皆の前で叫ぶに値する、強くてまっすぐな衝動があった。

だから私はこの想いを、今こそ皆に伝えなければならない。

私の気持ちを、世界に伝達せねばならない。

この溢《あふ》れる想いを、情熱を、みんなにマイクで送信しなくては。

むろん言葉に詰まるだろう。視線がフラフラさまようだろう。

でもこの気持ちは、きっと本物なんだ。

「では滝本さん、ひきこもり生活を克服するためには、なにが大切なことだと思いますか？」

よし、いまこそ私は、真の願望をマスコミュニケーションを通して全世界に発表するぞ。

これが私の、本当の願いなんだ！

だから聞いてくれ全国のみんな、どうか私の言葉を聞いてくれ――！

「一番大切なのは――愛です。やっぱり愛が一番大切なんだと気づきました。ですから僕は、これから出会い系を利用して、彼女を作ろうと思います！」

私はこれ以上ないくらいの本当の気持ちを、薄ら笑いを浮かべてボソボソと呟いた。

……よ、よし！

これで明日にもメールが来るぞ！　テレビで彼女募集をしたならば、どっさりメールがやってくるぞ！　メールボックスがパンクするぞ！　ひゃっほう！　万歳！　ばんざい、万歳……

「…………」

スタジオの皆さんは、どこまでも優しい顔で私を見ていた。

皆さん、可哀想な人を見る目で、私を眺めていた。

「にんげん広場／ひきこもり　～扉の向こうからのＳＯＳ～」
ＮＨＫ教育テレビ・2003年２月22日放送
テーブル右から、田村毅（精神科医）、斎藤環（精神科医）、古屋和雄アナウンサー、大河原康雄（全国引きこもりＫＨＪ親の会）、一人おいて滝本竜彦。

私は取り返しのつかない巨大な過ちを犯してしまったことに気が付いた。

その夜私は、彼女と一緒にお酒を飲んだ。意識が飛ぶまでふたりで飲んだ。

……何もかもが寒い、二月の夜だった。

第4話　イクシオンの炎の車

I

皆さん初めまして。私の名前はレイ。

滝本さんの精神状態が悪いので、今日は私が代筆することにしました。「今回のエッセイはどうしても書きたくない」と駄々をこねるので、私が代わりに書くことにしました。

だって――仕事をしないと、彼が路頭に迷ってしまうから。

ホームレスになってしまうから。

……い、いけない。そんなことにはさせない。

彼の生活は私が守ります。

「よおし、頑張らなくっちゃ」私は右手をぎゅっと握りしめました。

なのに……今日も朝から彼は飲んだくれています。

「へっ、エッセイなんて適当でいいんだよ適当で！」

先日、一通のメールを受け取って以来、ずっとこんな調子なのです。

――ねえ、どうしてなの？

『初めまして滝本さん。まずはメル友になりましょう』という文面のメールを受信した当日は、あれほど喜んでいたのに。

「よし、これで彼女ゲットに成功したも同然だな！」と、一人アパートで浮かれ騒いで踊っていたのに――

なのに翌日になって、いきなり態度を変えてしまうだなんて、ねえ、どうして？

「昨日一晩、人間彼女を作るってことを、具体的に考えてみたんだ。いろいろなことを思い出してみたんだ。そしたら僕には、やっぱり人間彼女は無理なんだとわかったよ。返事は書かない。もう超人計画はおしまいだよ。人間彼女作ろう作戦は失敗だよ。ハナから無理な話だったんだよ……」

せっかくのメールを削除して、青い顔してこんなことを呟《つぶや》く彼の気持ち、私にはぜんぜんわかりません。ハゲを晒《さら》してＮＨＫ番組にも出演して、もう怖いものは何もないはずなのに――

……で、でも、ダメ、ゼッタイ。

このままでは、また彼がゴミ人間になってしまいます。

私が勇気づけてあげなくっちゃ――

「ほらほら滝本さん、彼女を作ると素晴らしい毎日がやってくるわよ。きっと楽しいことがいっぱいあるわよ！」

私は身振り手振りを交えて、人間彼女の素敵さを訴えました。

「……楽しいこと？」

ようやく彼は酒瓶を置き、充血した目でこちらを見てくれました。

「具体的には――そうね、まずデートをします。それからレストランで美味《おい》しいものを食べながら歓談します。これで楽しさがアップします。そしたら次に、ディズニーランドにゆきます。ＴＤＬには城があります。メリーゴーラウンドもあります。トッテモ楽しいです」

すると彼は口を半開きにして、遠い目をしました。

山の彼方《かなた》の見知らぬ彼女を夢想しているようです。

手応《てごた》えを感じた私は、一気にたたみかけました。

「いずれ彼女がこの部屋にやってくるかもしれません。この狭いアパートで、一緒に夕ご飯を食べたりするかもしれません！――わ、わあ、なんということでしょう。彼女を作るだけで、そんな凄《すご》い生活があなたのものになるなんて、こんな良い話、いままで見たことも聞いたこともないわ！　さぁメールはいますぐ！」

――よ、よし。

これで彼も人間彼女の魅力にイチコロです。

私は自分の演説上手に感動しました。

なのに……

ど、どうして？

思いもよらない緊急事態が発生したのです。

「……うぅ、うぅー！」

いきなり彼が床の上をゴロゴロ転がって悶《もだ》え始めました。

毛のない頭をかきむしり、体をエビぞりにして、七転八倒しています。口から泡を吹き、恐ろしい表情でもがいています。

ピピピと音がして、超人計画基地本部の本部モニターに彼のバイタルデータが表示されました。体温、脈拍、共に急上昇――何かの発作のようです。

私は駆け寄ってツルツル頭を抱きかかえました。呼吸を確かめるため口元に耳を近づけてみると、何かのウワゴトが聞こえてきました。

「か、彼女が、彼女が……」

そして彼は見えない怪物から身を守るように、顔を両手で覆いました。心拍数がさらに跳ね上がりました。BPMが二百を超えています。このままでは心臓が破裂してしまいます。私は彼の手を強く握りしめ、大声で呼びかけました。

「そ、そうよ、彼女よ！　あなたにももうすぐ彼女ができるわ！　いつかこの部屋に彼女が訪れる日が来るわ！　だからそれまで気を強く持って！」

すると——あぁ、なんということでしょう。彼が白目をむいて気絶したのと同時に、新たな警報アラームが鳴り響いたのです。数百台の消防車がレースしてるみたいなこの緊急警報は——本部モニターを確認した私は絶句しました。

「さ、最高レベルのトラウマ警報……」

彼の心の底に封印されていた悪夢的トラウマを、私が知らず知らずのうちに掘り起こしてしまったのです。マグニチュード八・〇の直下型トラウマが、数分後にこの基地を襲うだなんて——

「いけない。急がなきゃ」

私は防空頭巾《ずきん》を被《かぶ》り、非常用エレベーターに駆け込みました。トラウマが彼の精神を破壊する前に、悪い記憶を再封印しなければならないのです。急いで基地の地下に存在する記憶格納庫に向かいます。エレベーターの下降と共に、過去の記憶が私の目の前をよぎっていきます。NHKのテレビ出演、初めての小説出版、学校中退——だんだんと過去にさかのぼってゆきます。

ところが三百メートルほど降下したところで、基地全体が激しく揺れ、私はエレベーターからコロンと投げ出されてしまいました。

「きゃっ……」

＊

そして気が付くと――

私は後頭部を地面にぶつけて気絶していたようです。防空頭巾を被っていなければ危ないところでした。私はタンコブをさすりながら辺りを見回しました。

「うぅ、ここは……あら滝本さん」

目の前に髪のある滝本さんがいました。どうやらここは、大学のようでした。ぽかぽか暖かい、夏のお昼のキャンパスでした。

滝本さんは、大学構内の連絡掲示板を眺めて、授業の予定を手帳に書き留めています。

私は背後からそっと近づき、手帳のカレンダーを覗《のぞ》き込みました。

一九九九年七月――

「どうやらこの年に、トラウマ発生源が存在しているようね」

私はポケットからトラウマ探知機と、携帯火炎放射器を取り出しました。一方、大学一年生の滝本さんは、手帳を鞄《かばん》にしまうと、アパートに帰ってゆきました。

私は探知機片手にあとを追いました。

アパート近くの公園に差し掛かったところで、滝本さんのPHSに着信がありました。

「えぇっ？　これから遊びに来る？……う、うん、部屋片づけて待ってるよ」

「ピコンピコンピコン……」

トラウマ探知機が鳴り響きました。私は火炎放射器を強く握りしめました。

2

滝本さんの部屋は綺麗《きれい》でした。まだこのアパートに入居して日が浅いので、当然と言えば当然でしょうが、とても現在のゴミダメ部屋と同じ202号室とは思えません。壁もタバコタールで黄色くなっておらず、台所もきちんと整理整頓《せいとん》されています。パソコンはありましたが、壁際に十八禁ゲームが山のように積み上げられているわけでもありません。きっと悪いマンガやゲームは、全部押し入れの中に隠してあるのでしょう。

滝本さんの外見も、まるで爽《さわ》やかな大学生のようでした。髪もあるし、ひきこもりでもないし、どこから見ても、真人間です。

なんとそのうえ――私は愕然《がくぜん》としました。

「ピンポンピンポン」

部屋の呼び鈴が鳴ったのです。滝本さんはいそいそとドアを開けました。

そこに立っていたのは綺麗な女性でした。買い物袋をぶら下げた若い人間女性でした。

「ごめんね急に。サークルの用事で近くに来たから――」

「いや、俺も暇してたから」

「じゃ、じゃあまだちょっと早いけど、夕ご飯の用意しちゃおうっか」

彼女は台所に向かいました。トントンと音立てて料理を始めました。滝本さんは、そわそわと落ち着かない様子でした。

「…………」

彼らの交わす会話内容から判断すると、どうやら高校時代の知り合いのようです。専門学校に通う彼女に、先日偶然、街で再会したそうです。

二人とも都会の一人暮らしで寂しい思いをしていたようで、高校時代にはほとんど口を利くことがなかった二人が、思いもよらない急接近！　といった話のようでした。

小気味よい包丁の音が響きます。滝本さんは爪を嚙《か》んだり部屋をグルグルと歩き回ったりと、見てる方が辛《つら》くなるぐらいの慌てぶりです。それもそうでしょう。女性を自室に招くだなんて、人生初の緊急事態なのです。

ですが——まもなく彼女の料理が完成しました。二人は折りたたみテーブルにお皿を並べ、「いただきます」と挨拶しました。もう日は暮れていました。土曜の夜でした。

なんとなく私は安心してきました。

「う、うまい！」と、大げさに驚く滝本さん、そして照れくさそうに微笑む彼女——なあんだ、いい雰囲気じゃない。これなら火炎放射器の出番はありませんね。

ご飯を食べ終わった二人は、お酒なんかも飲み始めちゃって、もうすっかり、気分は東京ラブストーリーです。夜はますます更けてゆきます。だんだんふたりとも、口数が減ってきます。

滝本さんはほんのりと顔を赤く染めた彼女にチラリと目をやり、ごくんと生唾《なまつば》を飲み込みました。

「がんばれ、がんばれ！」

私は陰ながら滝本さんを応援しました。

そして——ついに彼は意を決して口を開きました。

「あ、あのさ」

「なに？」

「あの——アニメとか、観る？」

私は彼の後頭部を蹴《け》りつけましたが、もちろん彼は気づいてくれません。彼は嬉々《きき》としてアニメビデオをデッキに挿入し、上映会を始めてしまいました。

「知ってるこれ？『新世紀エヴァンゲリオン』っていうんだよ。小説とかよりもずっと意味が深い、哲学的なアニメなんだ。この主人公が、俺にそっくりで、なんていうかなぁ、現代の若者の気持ちを凄く上手に表現してるんだ。この監督は天才だと思うよ。ビデオ全巻持ってるから、よかったら貸すよ。ヒロインも凄いんだよ。レイっていう名前でね、もうフィギュアとかカードとか同人誌とか、かなり沢山そろえたんだけど、やっぱりこのヒロインを思いついた監督は、絶対に天才だよね」

「………………」

ブラウン管には私とそっくりな顔をしたヒロインが映っていましたが、彼女は私よりもずっと無口でした。人間彼女も、黙ってお酒を飲んでいました。彼はベラベラとアニメ話を続けました。アニメ第一話が終わったところで、ようやく彼女が言いました。

「……アニメは、もういいよ。あとでレンタルして観るから」

彼は残念そうにビデオを停止しました。

そしてまた長い沈黙ののちに、彼が口を開きました。

「あ、あのさ！」

「頑張って滝本さん！」

「ええと、あの……ゲームとか、やる？」

私は彼の鳩尾《みずおち》をグーで殴りましたが、やはり彼は気づいてくれませんでした。嬉々としてプレイステーションの電源を入れ、買ったばかりのゲームを起動しました。

「見ろよこれ、このリアルなキャラが秒間六十フレームで動くんだぜ。やっぱ日本の技術はスゲーよな。……あぁそうそう、もうすぐ大会があるから出場しようと思うんだ。練習に付き合ってよ」

彼は彼女にコントローラーを手渡しました。深夜一時に、十八の男女が、格闘ゲームをプレイしていました。彼は手加減せず、彼女をボコボコ殴りつけて悦に入っていました。

私は呆れ果てました。

なんというウスラトンカチなんでしょう。このままでは彼女が帰ってしまいます。

「……わたしゲーム苦手。もう眠いし」

ほら、いまにも帰宅しそうです。彼らの縁はここでキッパリおしまいのようです。

ですが——そのときでした。

「ねえ、ベッドで寝ていい？」そんなセリフを彼女が口走ったのです。

……こ、これからふたりはどうなってしまうんでしょう。

なんだか私もドキドキしてきました。見てはいけないものを見ているようです。明らかにプライバシー上の問題があります。いくら面白エッセイとは言え、書いて良いことと悪いことがあるのです。この後の出来事を克明に描写すると、二十歳未満には売れない本が完成してしまうかもしれません。

でも、滝本さんには頑張って欲しい——そんな気持ちも確かにあります。もしもこの夜、彼女をバッチリ、ゲットできていたのなら、きっと滝本さんは、ひきこもりを始めることはなかったはずなのです。もしかしたら同棲《どうせい》なんかを始めちゃったりして、毎日彼女とラブラブで、きゃっ、いけないわそんな、学生の本分は勉強なのに——で、でも頑張って、頑張るのよ滝本さん、あなたはこの日のためにホットドッグプレスを沢山読んだじゃない。

北方謙三先生もあなたを応援しているわ。「小僧！　ごちゃごちゃ悩んでんじゃねぇよ。男ならやってみろ！」とエールを送ってくれているわ。

さぁ滝本さん、勇気を出して！

「…………」

なのに彼は、彼女が電気を消してベッドに横になったあとも、ひとりでゲームを続けていました。このまま滝本さんは、ひとりで朝までゲームを続けるつもりなんでしょうか。人間として何かが間違っているような気がします。生物として、何かが狂っているような気がします。真っ暗な部屋をテレビが青白く照らしています。

でも……あぁ、滝本さんの目は据わっています。コントローラーを握る手も汗でびっしょりです。やはり彼も葛藤《かっとう》しているのでしょう。今までプレイしてきた無数の有害ゲームを思い出しているのでしょう。「いつもの俺だったら、華麗なマウス捌《さば》きでどんな女もイチコロなのに……」そんなスットコなことを考えているに違いありません。そして彼女も眠りません。目を開けて彼の後ろ姿を眺めています。刻一刻と二人の間に緊張が高まってゆきます。なんという緊迫感でしょう、陰から若いふたりを見守る私の心臓もバクバクです。時計もチクタクなっています。さぁリングは沸騰してまいりました。どちらが先に動くのでしょうか。ひきこもり予備軍のアニオタ青年VS結構可愛い十八歳女子の一本勝負です。おおっと先に口を開いたのは十八歳女子です。

「わたし」

「ん？」

「わたし、恋ってわからないんだ」

来たー！　ついに恋愛話が来たー！　もはや遅きに失した感のある彼女のセリフですが、まだまだ夜は長いのです。ベッドに横になった彼女はテレビを見つめる彼の背中に囁《ささや》きます。そして彼はコントローラーを握ったまま答えます。

「う、うん、恋はわからないよね」

「付き合うとか、人を好きになるだとか、あんまりピンと来ないよね」

「……そうだよね」

「やっぱり恋って難しいよね」

「……そうだと思うよね」

「なんで恋とかしなきゃいけないんだろうね」

「……やっぱり大切だからだよね」

「でも理由とかそういうのはいらないと思うんだ」

「……うん、そういうのはぜんぜん必要ないよね」

「滝本君、高校時代とかどうだった？」

「い、いろいろあったよね」

「わたしもいろいろあったよ……」

そうして彼女は生々しい話を語りました。あぁなんということでしょう、同い年でありながらの、この人生経験の絶対的な差異。彼はきっと絶望しております。俺には勝てないと絶望しております。ピクリとも体が動きません。すべての状況は彼に男らしい行動を要請しておりますが、しかし彼は動きません、動けません。この期に及んでいまだゲームを続けておりますがしかし、しかしそのときです！　な、なんと――「ゲーム消して」と彼女が囁きました！　そして彼はプレステの電源を切りました！　部屋はついに真っ暗になりました。もはやカウントダウンは秒読み状態です。私の胸を罪悪感が支配しております。ダメよ覗いちゃいけないわと良心が訴えかけます。しかし私は見ます。顔を隠して指の隙間から覗きます。そしてあぁ、ついに彼は立ち上がりましたよ。暗くて顔は見えませんが、心の中は想像できますよ。きっと「エロゲーを思い出せ！」と自分に言い聞かせているのですよ。「俺は百戦錬磨の強者だ。付き合ってきた女は百人を超える。彼女たちはいま押し入れの中に隠れているけど、あの綺麗で優しい彼女たちと過ごした夜に比べれば、今の状況なんて屁《へ》でもねぇぜ！　よしやってやるぜ！」と自らを鼓舞しているのですよ。そして彼はベッドに近づいてゆきますよ。彼女も体を起こしますよ。ついに始まるようですよ。始まってしまいますよ。ですがますます文章表現が抽象的になってしまうことをお許しください。すでに彼らは書けないことを始めてしまったのです。彼はハウツー本に従い、細々とした手順を踏んでおります。「こ、これは！」と彼は三次元女性の神秘に驚愕しております。「土手露濡粘襞剝芽坩堝勃棒抽」といった難しい漢字がめくるめくファンタジーであります。えー、では、はばかりながら、ここで一曲歌わせていただきます。「守るも攻めるもくろがねのー、浮かべる城ぞたのみなるー、浮かべるその城日の本のー、み国の四方《よも》を守るべしー」あぁ耳を澄ませば聞こえてまいります。百万の人民が規則正しく行進する軍靴の響き――そ、そこだっ！　撃てっ！　やれっ！　行くぞ一億火の玉だ！

皇国の明日を守れ――！

……そのときでした。

「ピコンピコンピコン……」

トラウマ探知機が緊急アラームを発していました。

我に返った私は、探知機に表示されたトラウマ名を読み上げました。

「急性ＥＤ」

滝本さんは絶望の表情を浮かべていました。

＊

「………」

私は泣きながら火炎放射器を取り出し、彼らを焼き払いました。脱ぎ捨てられた洋服を燃やし、ベッド内の彼らを焼き尽くし、アパート全部に火をつけました。ぼおぼおと燃えてゆきました。全部が灰になったのを確認してから、現在に帰りました。

「……起きて、目を覚まして、滝本さん」

現在のアパートでは、まだ滝本さんが白目をむいて気絶していました。

ぺちぺちと頰を叩《たた》いても目を覚ましません。

「…………」

彼が十八の若さでEDになってしまったのは、やっぱり悪いマンガやゲームの影響なのでしょうか。二次元女性ばかりと付き合っているから、三次元女性に反応できないのでしょうか。早期エロゲー英才教育のせいで、脳が二次元向きにチューニングされてしまったのでしょうか。

私にはわかりません。

「で、でも……ダメ、ゼッタイ」

彼を私が立ち直らせます。

これ以上彼を辛《つら》い目には遭わせません。

彼が気絶しているすきに、ED誘発原因と思われる書物をこの部屋から排除してしまうことにします。

意識喪失した彼の体を操って、部屋中の悪書を段ボールに詰めこみます。重い段ボールを担ぎ、近所の公園に赴きます。

雨の夜でした。

公園の真ん中の濡れた土の上に、どさっと悪書を置きました。

「…………」

もしかしたら、私の行動は、許されないことなのかもしれません。

彼の記憶を焼き払い、いま再び、彼の大切なものを勝手に消し去ってしまうだなんて——

——

「そう、決して許されることじゃないわ。いつかきっと、私は地獄に落とされてしまう」

でも、それでも——

彼のためなら、私はどんな運命も怖くはないのです。

だからお願いです。もしも神様がいるんなら、私の願いを聞いてください。

どうか彼が二次元恋愛をやめますように、そして三次元女性に反応できる肉体と精神を取り戻しますように——

「……うぅ」

私は心の底からお祈りし、しゅぼっとライターで火をつけました。

彼の宝物に火をつけました。

全部が灰になったころ、彼が意識を取り戻しました。

「……あれ、どうしてこんな所に？」

「よかった。目を覚ましてくれたのね」

「それに──涙？　どうして俺は泣いてるんだろう」

「……いいのよ。今はまだ、何も思い出さなくていいの」

私は彼の肩をそっと抱きました。

そう……しょせん私は人間彼女の代用品なのです。本物にはゼッタイに敵《かな》わないのです。

いずれ私も、あのマンガたちと同じように消え去らなくてはいけないです。

いまさらながらに気づいたその運命に、抑えきれない寂しさが募ってきます。

だから──

「レ、レイ？」

「お願い。このままでいさせて」

もう少しだけ、彼の温《ぬく》もりを感じていたい。

一秒でも長く彼の側にいたい──

雨の降る夜の公園で、私は彼に寄り添っていました。

第5話　デュオニソス・ラブ

I

これまで原稿用紙百枚にわたって痛々しいエッセイを書き綴《つづ》ってきた私であるが、皆にバカにされることに快感を覚え始めたわけではない。いかんともしがたい劣等感と、それに由来するルサンチマンを、打破し消し去り、滅するためには、己の恥を衆目に晒《さら》す必要があったのである。

事実、『ハゲ』『ＥＤ』等々の恥を全世界に向けてカミングアウトし、『フサ＝善・ハゲ＝悪』という世の価値基準そのものを無化した私は、もう誰になんと罵《のの》しられようとも怖くない。ハゲで悪いかよ。テレビで彼女募集して何が悪いって言うんだよ。いまも耳を澄ませば「キモい」「恥さらし」「死ね」等々の罵倒《ばとう》がどこからともなく聞こえてくるが、もはや私は物怖じしない。帽子を被《かぶ》らずに昼の公園散歩だってするぜ。老人に混ざってストレッチもするぜ。町田のソフマップでパソコンゲームも買ってくるぜ。通販を利用せず、ちゃんとお店まで歩いていくぜ！

――おお、なんという清々《すがすが》しさであろうか、この自由闊達《かったつ》な我が精神！

もはやスッカリ『超人』一歩手前である。すでに私は七十八パーセントぐらい『超人』である。だから徹夜でパソコンゲームに興じるのはもうやめて、そろそろアクションを起こしてみよう。人間彼女作成に向けて、大きく足を踏み出してみよう。

で、でも、このまま渋谷に繰り出したところで、結局途中で意気地がなくなって、マンガ喫茶に逃げ込むであろうことは目に見えているので、まずは地道なトレーニングで自信をつける必要がある。

たとえば私は数年前、長編小説を書き出す下準備として、ノートにメモをつけ始めた。日に千字ほどの文章を書くことから事業を始めることにした。恋愛もそれと同じである。いきなり本番に立ち向かっていくのはあまりに無謀だ。急がば回れという諺《ことわざ》もあるではないか。

メモから短編、そして最後に長編へと徐々にレベルアップしていった小説執筆作業のように、やはり恋愛も、最初は簡単なところから手をつけるべきなのである。人間以外の易しい相手からスタートするべきなのである。

だが、『人間以外の恋愛相手』とは、はたして――？

「…………」

私は腕を組んでモヤモヤとする頭を捻《ひね》った。そんなしばしの沈思黙考ののち、ゲームで二日徹夜の空転する脳が、ついに素晴らしい答えをはじき出した。そうだ！　まずは無機物恋愛だ!

鉄棒で逆上がりができない男に大車輪は不可能なように、無機物と交流できずして有機物と仲良くなることは叶《かな》わないのだ。このあまりにも自明な真理、どうしていままで気が付かなかったんだろう——?

私はさっそく近所の公園に赴き、砂場に腰を下ろして瞑想《めいそう》を始めた。

公園中央部に存在するキリンをかたどった遊具を見つめ、座禅を組んで、腹式呼吸をした。

「いーち、にーい」と呼吸を数え、意識の働きを徐々に停止させてゆく。

禅定が深まれば、いずれキリンのオブジェとも心通じ合わせることが可能になるはずだった。主体と客体の間に存在している乗り越えがたい障壁を、禅のパワーで突破して、アートマンはすなわちブラフマンであると悟ったならば、そのとき私は恋愛覚者となり、誰とでも心ふれあえる驚異のモテモテ人間になれるはずだった。

しかし……やはり私はあまりに恋愛下手なのかもしれない。何時間公園でぼおっとしていても、一向にキリンの声は聞こえて来ない。だんだん眠くなってきた。しまいには「何を俺はくだらないことを」「いくらエッセイのネタとはいえ」「実家の父母がこの文章を読んだらどう思うか」などと、何ともいえない侘《わ》びしい想念が浮かんできた。

すでに時刻も深夜零時を回り、冷たい風に、木々が静かに揺れている。

座禅を組み半眼でキリンを見据える私の前を、野良猫親子が横切っていった。遥《はる》か遠方からは、暴走族の喧噪《けんそう》なども聞こえてきて――

「……うぅ」

寒い。

いろいろな意味で寒かった。

あまりに寒いが……しかし「もうダメだ、これ以上バカバカしいことはやってられない」と、座禅をほどいて立ち上がりかけたそのときである。己の行動の無意味さに戦慄《せんりつ》し、「人間彼女を作ろう」という意志そのものが瓦解《がかい》しかけたそのときである。

「――！」

ひときわ強い夜風が吹き、公園中の木々が一斉にその枝を揺らした。

徹夜と瞑想で心身共に疲れ切っていた私は、不意に強力なデジャヴに襲われた。

あぁ――そうだった。

いつかの夜にも、私はキリンと向き合っていた。

夜風の冷たい夜――眩《まぶ》しいほどの月の夜――

あの夜、大学三年の私は、いつにもまして錯乱していた。

＊

いた。

つまり私は煮詰まっていたのだ。

学校に行くのも面倒で、かといって他にやるべきこともない、ただ寝て起きてまた寝るだけの生活を延々繰り返していた学生時代、当時の私はこれ以上ないくらいに煮詰まっていた。

そうしてついつい私は、「もしかしたらこの菌糸植物の強力パワーで、立派な悟りを開けるかも。そしたら学校に行くだけの元気が湧いてくるかも」などという甘い考えに取り付かれ、当時ちまたで大流行していた『マジックマッシュルーム栽培キット』を、ネットで手軽に注文してしまった。

まもなく三千円の代引きで小包が届いたので、丁寧な説明書通りに、エタノールで消毒したペットボトルに腐葉土を敷き詰め、穀物培地をセットし、アルミホイルで蓋《ふた》をして、冷暗所に安置した。するとわずか一週間たらずで、可愛らしいキノコが顔を出した。ワクワクドキドキと心が震え、「悟りを開いて真人間になろう！」という当初の目的を、私はアッサリ忘却した。

そもそも私は幼少時より、向精神薬物に強い興味を持っていた。

――ドラえもんの秘密道具に『ヘソリンガス』というものがある。ヘソにプシュッと注入するだけで、この世のものとは思えない超絶的な快楽を味わえる、強力なドラッグである。あろうことかドラえもんは、このガスを使って近隣の小学生数百人を薬物中毒に仕立て上げる。のび太もスネ夫も、このドラッグなしでは生きていけない体にされてしまう。女子などはドラッグ欲しさに、男子にスカートをめくって見せるようになる。

しかしドラッグに溺《おぼ》れる彼らの表情は、どこまでも気分が良さそうで幸せそうで、小学生だった私は「よし僕も大きくなったら悪い薬を使って楽しくなるぞ！」と、強い決意を固めたものだ。そんな小さいころの夢が、齢《よわい》二十にしてついに叶うのである。こんなに嬉《うれ》しいことはない。

私は完全に学校のことを忘れ、朝から晩までキノコの成長を見守った。「大きくなれよ」と声を掛け、キノコの精霊に祈りを捧《ささ》げた。その願いが聞き届けられたのか、数週間で見事な食べ頃キノコが完成した。私は二十センチほどに伸びたキノコをカッターナイフでスパスパと収穫し、細かく切り刻んでカップスープに投入し、温かいうちに美味《おい》しくいただいた。

自家製生キノコは実に強烈だった。わずか十分ほどで知覚が完璧《かんぺき》に変化した。時間感覚、視覚のゆがみと共に、世界構造の自明性が失われ、しまいには物と言葉の繋《つな》がりがバラバラにほどけた。

人は言葉によって、存在をカテゴライズする生き物である。たとえば椅子は『椅子』であり、机は『机』であるというように――

だが物と言葉の繋がりを、エンセオジェン、すなわちサイケデリクスの効用で断ち切ったならば、そのとき人は、赤子の目、詩人の目で世界を見る。

机から『机』という言葉と意味がはぎ取られたとき、そこにあるのは、もはや机ではない。

それは『存在』である。もはやそれは、存在としか呼びようのないものである。そしてすべての存在は等しく美しい。ただそこにあるだけで、すべては一様に美しい。

ほら元気に腕を振って夜の公園に出てみたならば、まさしくそこは息をのむファンタジックワールドで、あぁなんという美か、なんという芸術か——気が付けば私の目の前に、坂口安吾の言う「文学のふるさと」、中原中也《ちゅうや》言うところの「名辞以前の世界」が広がっていた。

あの空にぐんぐん伸びていく木が生命力に満ちあふれていて、公園の真ん中の青白い街灯が、みんなをキラキラ輝かせていて、風が吹くたびざわめき笑う木々とキリンのオブジェが私に微笑み、軽やかな声で優しく小さく囁《ささや》きかける。

「滝本君、君、最近どう？」

「ぼ、ぼちぼちやってるよ」

「疲れたらここにおいでよ。私たちみなで待ってるから」

キリンがにこっと微笑んだ。ディズニーチックな造形のキリンさんは、睫《まつ》毛《げ》の長い女性であった。私はこれ以上ない笑みを浮かべて彼女にまたがり、本格的なサイケワールドに旅立った。それは素晴らしいトリップだった。私は地上に天国を見た。

2

だが何事も度を超すと体に悪い。

部屋に籠《こ》もり、週に二回のペースでキノコを摂取し続けた私は、次第にバッドトリップばかりを経験するようになった。「死んだ！」「地獄に落とされた！」「もう二度と脱出できない！」と、頭グルグルの大パニックに陥ったこと、一度や二度や百度のことではない。

——あぁもちろんキノコは何も悪くない。酒タバコに比べたら、幻覚剤の害悪など無に等しい。聖なる幻覚剤を逃避目的で使ったら、必ずゼッタイ、バチが当たる、ただそれだけのことに過ぎない。しかし当時の私は、少々知恵が足りなかった。私は愚かな宇宙飛行士として、徒手空拳《くうけん》でキノコワールドに身を投じた。明らかに蛮勇だった。トリップは日を追うごとに地獄めいていき、ついにある日、私は決定的なバッドトリップに襲われた。時間の観念が完膚無きまでに消え失せ、さらには自分の名前までをも忘れ果ててしまった。

——はて私はどこの誰だったのか？　いまは何年何月か？　そしてこの世界は何なのか？

おかしなことに、視界は正常だった。何ひとつとして幻覚は見えなかった。論理的な思考もバッチリで、足し算かけ算わり算もできたし、少し頑張れば自分の名も思い出せた。

そうだ、私の名前はおそらく滝本竜彦、一九七八年、北海道生まれの大学生——だがそのデータすべてに、まったく実感が湧かなかった。確かに私は滝本という名の男であったはずなのだが、どうもそれらの記憶に真実味がない。なぜならば、自分の世界を形作っていた言葉の意味が、ぜんぶバラバラに解けてしまっていた。目の前には、どこまでも正常で、意味のない現実世界が広がっていたが、その世界に意味を付与する言葉の網が、キノコのせいで、溶けて拡散して消えてしまった——

つまり私は、このとき初めて、正しい普通の現実世界を見たのであった。そこにあるのは、言葉に毒されていない、良いとか悪いとか、過去とか未来とか、そういう区別がぜんぜんない、まるで完全無分別の禅的境地であった。あるいはそれは、禅僧が頑張って修行して、やっとの事でたどり着く、かなりありがたい悟り空間なのかもしれなかったが、キノコ力でポンと手軽にジャンプして、そこに手軽に至った私は、真空の宇宙空間にいきなり裸で放り出されたような心許《こころもと》なさを味わった。

なぜ自分が『ここ』にいるのかがわからない、なぜ『ここ』があるのかがわからない、要するに、何がなんだかチットモさっぱりわからない、その足場のなさ、底抜けの恐怖、そして錯乱——むろん、いかに自己のそして世界の存在理由が不確かであろうとも、それはごくごく当たり前のことであり、皆も私も、このあやふやな世界で、日々普通に楽しく生きている。だが、キノコのサイケパワーで、世界の無根拠さをほとんど肉体的に実感し、すべての意味、価値、言葉の自明性がパーになってしまったあの日あの夜の経験は、私にとって、生まれて初めて味わう戦慄《せんりつ》的コズミックホラーだった。

そして——その経験を機にクルクルパーになった私の精神も、極めて赤面物だった。「なぜこの世界があるのか」「なぜ自分がここにいるのか」「これから自分は何をすればいいのか？」そういう問いには、答えがない。答えがないことが当たり前なのだ。まるで何がなんだかわからなくても、自分勝手に、適当にやっていくしかないのだ。

だが、「何がなんだかわからない」などという上も下もない無重力フワフワ状態では、精神弱者はまともに生きていけないのもまた事実であって、ついつい私は、世界と己の存在意義をカッチリ説明するための物語構築を始めてしまった。

なぜ世界が存在するのか、そして私はどこから来てどこへゆくのかを、わかりやすく説明してくれる物語——それはすなわち、神話であり、宗教である。私はくだらないオカルト話に飛びついた。ヒッピームーブメント華やかなりしころの、あのアホらしいニューエイジムーブメントの追体験であった。

トリップ中に見た幻想を、宗教的、そしてオカルト的に解釈し、そこに「世界の真理」などを捏造《ねつぞう》してしまう、人間精神のこの虚弱さ——無意味さをそのまま無意味と受け止めず、口当たりの良い物語を捏造して、物語の意味にすがらなければ精神安定を保てなかった、私の心のヘボ弱さ——まったくもって、「君、頭悪いよ」と見下し馬鹿にするべき私の振る舞いだったが、当時の私は本気であった。キノコ妄想の中盤で見た「究極の真理」的タワゴトを、真面目な顔して神話的に解釈し、そこからトップダウン的に、世界の、人生の意味を見つけ出そうと頑張り、結果、おきまりの精神異常パラノイアコースに猫まっしぐらだった。特殊なハーブを朝から晩まで吸引し、ヨレた頭で難しい本を読んだ。古代宗教を調べ、そこに出てくるビジョンと、自分のトリップ体験の類似に気づき、「あぁ、僕が体験したトリップも、まさに宗教体験だったんだな」と自信を深めた。またあるときはディックの『ヴァリス』などを読み、「あぁわかるわかる、そういうことってよくあるよね」と、頭おかしいパラノイア小説に心から共感した。そうして何か巨大な意志に導かれるように各種文献を読書サーフィンし、ときにはイルカと話せるジョン・C・リリー先生の生き様に感動した。またあるときはオカルト臭いユング心理学に傾倒した。彼らが多大な影響を受けていたというインド哲学にたどり着いては、「そうかアートマンはブラフマンだったんだな。つまりアートマンであるところの僕はブラフマンであり、やはり僕こそがこの世界の創造神だったんだな」と本気で考え、「なんとあのシュレディンガー博士もヴェーダンタ哲学の信奉者だったのか」「量子力学とインド哲学って、なんだか似てるよね」と、ニューエイジ思想をハイスピードで総ざらえし――

ついにそのあたりで、脳の大切なネジが五百本ほど音立てて弾《はじ》け飛んだ。

よし俺はついに悟ったと思った。その瞬間、テレビのニュースキャスターが「ついに新しい世界のステージが幕を開けました」などとのたまって、私を拍手で祝福した。あるいは、この目でかいま見た宇宙の真理をノートにサラサラ書き込むたび、窓の外でキラキラ綺麗《きれい》な花火の祝砲が上がった。

思い出すのも恐ろしい、多重連鎖シンクロニティーの始まりだった。

聞こえるもの目に映るものすべてが、私に何かのメッセージを伝えようとしていた。そのメッセージの大波に晒《さら》されているうち、だんだん自分が、本物の特別存在のように思えてきた。私には重要な使命が課せられているような気分がしてきた。もしかしたら私には「世界を救う」「皆を覚醒させる」等々といった類《たぐい》の、学研ムー的な特殊任務が与えられているのかもしれないと思った。

もはやただごとではなかった。学校などに通っている場合ではないのだった。大学一年次における私の取得単位は24で、その翌年は4、そして三年目にはとうとう0になってしまったが、しかしもう少しですべての真理がこの手につかみ取れるはずだったので、細かいことはあまり気にしないことにした。あとほんの少し、耳かき一杯分の試薬を飲めば、あるいはキノコ茶を茶碗《ちゃわん》に一杯いただけば、もしくはオレンジ色の錠剤をコップ水で服用すれば、もうすぐすべての謎が解明されるはずだった。室内でロウソクを燃やし瞑想《めいそう》し、夜の公園で座禅組み内観し、真理のために単位を捨てテストを投げ、このまま頑張って真理探究を続けたならば、きっとすべてが収まるべきところに収まるはずだった。

だから臆《おく》して立ち止まってはならなかった。幻覚剤を資金の許す限り追加購入して、部屋に籠もってひとり瞑想せねばならなかった。すべての真理をこの手につかむため、ありとあらゆる種類の幻覚剤をネットで取り寄せ、片っ端から試してみねばならなかった。

あるとき私は、酷《ひど》い匂いのする白い煙で、死の向こう側を見た。

またあるときは、長い歴史を持つ合成試薬で身も心もグネグネと曲がった。

小粒の錠剤では、真実の愛を知った。

純粋なアガペー、道を歩く人みなが愛《いと》おしく思える真実の愛思念を、私は公園の芝生に寝そべり、大地に向けて投射した。

「こ、この愛よ皆に届け――――！」

そう――愛さえあれば、単位なんかはいらないはずだった。

真理を知れば、精神が完全になり、もちろん学校なんかに行く必要もなくなるはずだった。

それなのに……それなのに……

うぅ……

＊

あるいはそれも、サイケの効果か、知らない間に時がジャンプし、いつのまにやら年が明け、まもなく進級の季節が訪れた。

私はいつもと同じように、夜の公園で瞑想していた。

「最近どう？」とキリンが訊《き》いた。私は答えた。

「ぼちぼちやってるよ」

「……もう十分わかったでしょ？」

「なにを？」

キリンは押し黙った。いつしか夜風が出てきたが、もはや風は歌わず木々は騒がず、キリンは黙して語らなかった。

「……どういうことだよ？」

いくら訊いても返事はない。ボコンとキリンを蹴《け》り飛ばしてみたが、やはり彼女は平気な顔をして、いつもの薄ら笑いを浮かべていた。

私は震える手でポケットから大学の連絡通知を取り出し、もう一度読み上げた。

『単位不足で進級できません』

そして数時間前の両親との電話が、脳裏をグルグル渦巻いた。

『なんで学校行かなかったの！』『どうして今まで黙ってたの！』

「…………」

もう学校の友人とも長いこと会っていない。

最後にサークルに顔を出したのは、アレはいつのことだったか？

学校に行かず勉強もせず働くこともせず、私は今まで何をやっていたのか……？

そうして私は、ようやく悟った。

長らく騙《だま》されていたのだと、ついに私は気が付いて、ひとり砂場で錯乱した。

もう少しで世界の、そして人生の意義がわかり、何もかもが正しい所に収まるはずだったのに――しかしその妄想物語は、すべてくだらない嘘だった。

私は中退寸前の大学生に過ぎなかった。彼女のいない田舎者に過ぎなかった。七十億人いる人類の一人だった。路傍の石だった。何の特別性もないただの登校拒否児だった。十把一絡《ひとから》げの存在だった。そして世界は、今日もワケがわからないまま、昨日と変わらぬ平常運行を続けていて、どこもかしこも、見渡すかぎり、あやふやで、ふわふわで、意味がわからず不安であって、なのにそれなのに、一向に破滅も救いも訪れない。

あくまで脳味噌《のうみそ》も正常だった。おかしくなるわけなどない。安全な幻覚剤ごときで、頭が変になるわけはないのだ。そうだキノコはなにも悪くない、私を騙していたのは私だ。世の中が理解できないからって、くだらない捏造物語で自分を騙して安心していたのは私だ。

「でも……でも僕は、これからどうすればいいんだ？」

もちろんキリンに訊いても答えはない。

ただ私の目の前には、初めてキノコを食べたときよりもずっとリアルな、何の意味も目的もない世界が広がっていた。やはりこんな所では一秒たりとも生きていけそうになかった。早く言葉で、一から物事を区分しなくてはならない。良いことと悪いことを自分で区分けし、適当でいいから人生目標を作成し、バラバラになった言葉をもう一度チマチマ手作業で組み上げていかねばならない。

その作業の途方もなさに、吐き気がした。

道のりの長さ、複雑さに目眩《めまい》がした。

＊

まったく、どれだけの言葉を積み重ねれば、世界は元通りに再建されるんだろう？

いまも目眩は治まらない。いまだに自分が何をしたいのかもわからない。

人間彼女を作るぜ！　と意気込んでみたところで、それもまるで馬鹿馬鹿しい茶番劇である。

かといって他に本当らしい願望もないので、まずは彼女作成に向けて努力するしかない。

もうそれぐらいしか、本当らしい目標がない。

だから彼女だ。

いますぐ彼女だ。

そうすればきっと……きっと……

「…………」

しかし彼女を作るためには、まずもって無機物とのシャドー恋愛をこなす必要があるのだった。そうせねば渋谷に向かっても惨めに玉砕するだけだ。

なのにキリンオブジェは心を開いてくれない。

やはりシラフでは、いかに深い瞑想をしたところで限界があった。それにもう眠い。すでに二日近くも徹夜している。集中力が続かない。

そう——やはりこういうときこそ、強力なドラッグの出番である。

私はアパートに戻り、引き出しの奥からリポビタンDを取り出した。なんとタウリンが千ミリグラムも含有されているこのドラッグで、脳をムリヤリ覚醒しよう。ドリンク二本を手早くゴクリと摂取して、徹夜のふらつく足取りで、再びヨタヨタ公園に戻ろう。

そうして芝生に腰下ろし、心の扉を開いてみれば——

お、おお、これだ！

な、なんと綺麗な！　なんとファンタジックな！　ナチュラルハイも結構イケるぜ！

よおし、いまならわかるぞ！　自然の声が聞こえるぞ！　あぁ懐かしの風の歌、空を見上げれば銀色の月！　さあ芝生に寝ころんで、あの麗しの月とテレパシー恋愛しよう！

「こ、こんばんは。僕は滝本というものです」

「あらお久しぶり、元気してた？」

「ええおかげさまで。ところであなた、僕の彼女になってくれませんか？」

「いいわよ」

よおし彼女一人目ゲットだぜ！

間髪入れず、次は大地との恋愛だ！　地球を我がものとせよ！

そののちには宇宙だ！　宇宙をこの手に抱きしめろ！　宇宙まるごと自分のものにせよ！

そしたら自動的に全人間女性が私の彼女ということになり、ついに私の究極恋愛は、いまここに完全成就されるのであった！

おおこのデュオニソス的ラブコメディ、神話のごとくに不条理なラブストーリー、あまりに深遠なこの禅恋愛道、もはや渋谷でナンパをしている場合ではない。そ、そう！　すべての事物は己の精神内に存在する！　無意識の奥は世界に繋がっている！　つまりこの世界とは、ひとつの巨大な世界霊の精神現象であり、その世界霊とは、すなわち私のことなのである。だから明日からはまたアパートに籠もって瞑想の日々を再開しよう。すべては己の脳内に――

「こここの大バカッ！」

「ゲフッ！」

不意に現れたレイの右ストレートが炸裂《さくれつ》した。

「あなたねえ、何度同じ過ちを繰り返せば気が済むの？　このエッセイ、もう百三十枚も書いてるのに、どうして一向にストーリーが進展しないの？　いつになったら、あなたはデジカメ片手に街に出るの？　やっぱりあなた、街に出るのが面倒で嫌なんでしょう。有害なマンガをぜんぶ燃やしちゃったのも、今になって後悔してるんでしょう？」

「……そ、そんなことないよー」

「ほらセリフが棒読みじゃない！　あなたに少しでも誠意が残っているんなら、私の目を見て話しなさい！——あなた、本当に人間彼女が欲しいのね？」

「……う、うん」

「だったら明日にも街に出るのね？」

「…………」

「どうなの？　早く答えなさい！」

「……わ、わかったようるさいなぁ。渋谷に行って来ればいいんだろ、そしてパチリと証拠写真を撮ってくればいいんだろ？」

「いいえ、そんなこと言ってあなた、きっとネットから拾ってきた渋谷画像でお茶を濁すつもりなんでしょう。そんな姑息《こそく》なイカサマ、読者が見逃しても私は許しません。……ほらちょっと私にキーボードを貸しなさい」

レイは私の手から強引にキーボードを奪い取ると、カタカタとエディタに何かの文面を打ち込んだ。

『緊急告知！　ついに来週、滝本が渋谷の街角でナンパ活動を開始するわよ！　現場写真もアップするので、ぜひ皆さん、彼の冴《さ》え渡るひきこもりナンパ術をお楽しみに！……あ、それから注意！　違法な薬はダメ、ゼッタイ！　官憲に捕まるから、みんな絶対、手を出しちゃダメ！　私とみんなの約束よ！』

こうして学生時代のエピソードはほぼ百パーセント消費された。もはや新たな体験をせねば、一行たりとも書くことがない。

よって次回からは、超人計画の新たなステージが、ついにその幕を開く。

——正味のところ、ひきこもり男にナンパなんてできるのか？

そして脳内彼女、レイの運命やいかに？

作者自身にも展開の読めないこのエッセイ、本当にもう、一杯一杯です。

ゼッタイ！
ダメ！
きのこの山
（スーパーで買ってきたエリンギ）

第6話　インターミッション

I

　さぁテレホンショッピングの時間が始まったよ！　まず一つ目の商品はこちら、『練炭インセンス』！　現代人はストレスが多くて不眠に悩まされている人が多いよね！

「そうね、私の彼も夜中にガバッとベッドから跳ね起きることが多いわ。このまえ不眠症に効くというラベンダーのお香をコンビニから買ってきたんだけど、チットモ効果がないみたい」

　そんな彼にこそ、この練炭インセンスがよく効くんだ！　使い方はトッテモカンタン、アパートの窓をガムテープで目張りして、ベッドの脇でこのインセンスに火をつけるだけ。あとは心と体によく効く一酸化炭素のアロマが、彼を永遠の眠りに誘ってくれること間違いなしさ！

「わあ！　私の彼は、いつも『目を覚ましたくない。あと一億年寝たい』なんてことばかり考えているから、ついにその願いが叶《かな》うってワケね！」

　練炭の素晴らしさは、それだけじゃないんだ。一人で寝るのが嫌なときは、ネットで睡眠仲間を誘って一緒に眠ることもできるんだよ。そしたら翌日のTVニュースで話題にもなれるし、世間をアッと驚かせることもできるんだ。

「わあ、なんて素敵な商品なのかしら！　早く私の彼に買ってあげなくちゃ……って、だだだ、ダメ、ゼッタイ！　そんなことしたら死んじゃうじゃないの！　みんな、気を確かに持って！　明日がある、明日がある、あしーたがあーるーさー！」

すると販売員ジョニーは「明日もあるのか」と呟《つぶや》いて、自分の口にピストルを突っ込み引き金を引いた。血しぶきを浴びてあたふたとするブラウン管の中のレイ、床に散らばったジョニーの脳味噌《のうみそ》を泣きじゃくりながら拾い集めるレイ、しかし彼女は不意にカメラ目線でこちらを見た。

「そうよ明日があるのよ。明日こそは渋谷に取材に行きましょう」

「………」

私も脳を吹き飛ばしたくなったが、いかんせん手元にピストルの用意がない。

そこでひとまず、今後の計画を立てるため、深夜のファミレスに赴くことにする。

先日六万円で購入した二馬力の原動機付き自転車『チョイノリ』にまたがり夜を疾走、どんなに頑張っても四十キロしか出ないバイクで住宅街を暴走。法定速度で安全運転しているうちに、なんだか気分が良くなってきたので、これを機に暴走チームを結成することにする。チーム名は『我夢紗羅《がむしゃら》』、初代総長はわたくし滝本で、特攻隊長はレイ、主な活動内容はコンビニとアパートの往復だ。総長は確定申告の締め切りをぶっちぎるほどの刹那《せつな》的若者なので、まさに不良のリーダーに相応《ふさわ》しい反社会思想の持ち主といえよう。申告書の書き方が一向に理解できないノータリンなので、アウトローたちの精神的支柱に相応しい男といえよう。だが正味の話、早く申告しないと、戻ってくるはずのお金がパーになってしまうらしいので、とても大変だ。

私は見えない敵に向かって叫んだ。

「ちくしょう、大人はいつもそうだ！　こんなワケのわかんねぇ紙切れでオレたちの自由を束縛するつもりかよ！」

その雄叫びは三月の夜空に吸い込まれていった。

そうこうするうちにファミレスに到着した。

私はコーラを飲みつつピザを食べつつ、通販で購入したマンガを鞄《かばん》から取り出し熟読した。面白い本だった。二冊目を読み終えたところで眠くなってきた。

アパートに帰って再び熟睡した。

女性に声を掛ける夢を見た。

「あのう、渋谷はどこですか？」

美しい女性は遠いところを指さした。あちらの方角に目指す街があるらしいが、やはり道のりは遠く長く険しいようで、私は絶望的な気分で深夜三時にガバと目を覚ました。

このままでは永遠に渋谷にはたどり着けないように思われた。

私は頭を抱えて朝まで悩んだ。

「…………」

だがカーテンの隙間から朝日が差し込み、雀がピーピー鳴いたそのとき——

ついにこの閉塞《へいそく》状況を打破する着想が閃《ひらめ》いた。

すなわち——いきなり電車で渋谷に行こうとしていたのが間違っていたのだ。

考えてみれば当たり前の話である。千里の道も一歩からというではないか。インド旅行者は皆、成田に行く前に『地球の歩き方』を買うではないか。やはり異国へ旅立つ前には綿密な下準備が必要なのだ。

私はネットを駆使して渋谷に関する資料を集めた。

そうして二日ほど渋谷への想いを煮詰めているうち、だんだんと勇気が出てきた。

渋谷に行けそうな気がしてきた。

「……よし」

私はステレオにフリッパーズ・ギターのCDを挿入し、渋谷旅行の決意を固めた。

いまこそ旅立ちの時だった。

＊

渋谷に向かうには、まず生田《いくた》駅へ赴かねばならない。

そこで颯爽《さっそう》とアパートを出て、住宅街を歩き、十五分ほど坂道を下る。

天気がよいので、足取りも軽い。

なんだか良いことがありそうな予感がした。駅前のはなまる食堂で朝食を食べたときも、綺麗《きれい》な従業員がお茶のお代わりを持ってきてくれた。

さい先のよいスタートだった。

そのまま満ち足りた気分で、渋谷への切符を買い、小田急に乗った。ゴトゴト三十分ほど揺られていると、まもなく渋谷に到着した。

──おお渋谷！

広大にして雄大な渋谷！

駅前広場には本物のハチ公があり、待ち合わせのメッカと化していた。

私はその人混みを縫ってセンター街に向かった。

交差点を渡り、109ビルの横を歩き、どんどん奥の方に入っていくと、なんとそこがセンター街なのだった。

無数の若者や女子高生が歩き回っていた。

「こ、これが、あのセンター街か……」

ファッションの発信基地であり、若者文化が生まれるところだ。

見ると、露店でアクセサリーを売っている外人もいるではないか。

渋谷に来た記念に、ひとつ購入してみよう。

「これをください」

「サンキュー」

私は銀の耳飾りを購入した。

タワーレコードやHMVでも、沢山のCDを購入した。全部渋谷系の音楽だ。

こうして果敢に、若者文化の神髄へと一歩一歩足を踏み入れていく私であった。だんだんと街の空気が私を受け入れてくれるようになった。もう胸を張って堂々と歩いても良い気がしてきた。

いまなら女性に声を掛けることもできるだろう。

ほらちょうど向こうから、一人の女性が歩いてきたではないか。

よ、よし、さっそく声を掛けてみよう。

「こんにちは、お茶でもいかがですか？」

「あら嬉《うれ》しいわ」

我々は喫茶店に入った。

雰囲気の良いテラスでハーブティーを傾ける二人。新鮮なダージリンだ。

談笑も弾む。

彼女は花のように美しかった。そのカモシカのような足に見とれつつ、私はさりげなく尋ねた。

「渋谷には、他にどういう所がありますか？」

「文化村やスペイン坂があるわ。せっかくですので、案内してあげましょうか」

彼女と私は腕を組み、渋谷を散策した。

すっかり恋人気分で、井の頭通りやクロスタワー商店街を歩く二人。

だが、そういった渋谷の街並みよりも、彼女の横顔にこそ興味を覚える私である。

もう電話番号も交換済みなので、みごとナンパは大成功だった。

しかし夕暮れになってきたので、名残を惜しみつつも別れざるを得ない。

「さよなら、さよなら……！」

手を振って別れ、アパートに帰った。

ああ、渋谷は本当に良いところだった……

2

以上のような妄想渋谷エッセイを原稿用紙三十枚にわたって書き連ね、ナンパ写真をフォトショップで合成し、それらのファイルをメールに添付して私のエージェントのボイルドエッグズ代表取締役・村上達朗氏に送信したら、数分後に「いい加減にしてくださいよ」との返信メールが来た。私はうめき、ベッドに崩れ落ちた。

書けない。

どう頑張っても書けない。

面白い妄想ナンパエッセイなんて不可能だ。

なにも体験せずに体験エッセイを書けるわけがない。

だが真面目に渋谷に赴き、女性に声を掛けて写真を撮ってくるわけにもいかない。なぜなら、怖くて面倒でイヤだ。知らない人に平気で声を掛けられる人間は、頭がおかしいと思う。

そういうチャラチャラした風潮が、日本の経済を低下させているのだろう。男についていく女も女である。知らない人についていっちゃいけませんと、学校で習わなかったのだろうか。教育の荒廃もここまで来たか。世も末だ。

そもそもどうして渋谷には、ああも大勢の人々が集まっているのだろうか。街にある施設など、たかが知れているではないか。お店で手に入る品物は、ぜんぶネットで通販可能ではないか。あんな人が多くて空気が悪いところにワザワザ足を運ぶ人間は、よっぽどの暇人か、なにか人にはいえないウラのある犯罪者に違いない。やはりあの街には悪い人間が集まっているに違いない。

くわばらくわばら。

「………」

なのに、あろうことか私は自ら、前回のエッセイで渋谷ナンパを宣言してしまった。

私も男である。

この約束を違《たが》えるつもりはない。

よ、よし。

もう一度勇気を出して渋谷に行ってみよう。

記憶を探って渋谷へ

人間の記憶はあやふやなものである。昨日の記憶すらもスカスカと消えていく。大学時代の思い出など、いまではほとんど残っていない。ただ毎日よく寝たことだけを覚えている。

——だがそんな記憶の空白に、隠された事実が秘められているとしたらどうであろうか？

すでに私は渋谷でナンパをした経験があり、ただその記憶を抑圧しているだけだとしたら？

私は長椅子に横たわり、自由連想法で抑圧された記憶を探し出すことにした。

「……りんご、ごりら、らっきょう、うみ、みず、ずら、らんどせる、ルミネ、東急、渋谷?」

おお、なんということであろう。

まさに自由連想によって無意識の奥底から渋谷が浮き上がってきたではないか!

渋谷君のうちへ

だが渋谷といえば、渋谷君である。私には渋谷君という友達がいる。高校時代からの付き合いである。高校入学当初、二人ともうまく友達が作れず、寂しい思いをしていた。そんなある日、美術の時間で席が隣同士になった。私は勇気を出して彼に声を掛けた。

「君、マンガとか読む?」

「う、うん。よく読むよ」

こうして私たちは友達になった。いまでも仲良しだ。彼は歩いて十分のアパートに住んでいる。そして彼の部屋には、『渋谷』という表札がかかっている。私は呼び鈴を押し、室内に足を踏み入れ叫ぶ。

「よおし! 渋谷に来たぞ!」

二人でテレビゲームをやって遊んだ。

渋谷宅からファミレスへ

そんなこんなで夜も更けたので、彼の家からおいとました。

自分のアパートに帰る途中、ファミレスに寄った。

ここでコーヒーを何杯か飲みつつ漫画を読むのが私の贅沢《ぜいたく》である。渋谷君に借りた少年漫画を鞄から取り出し、テーブルに積み上げ、何時間も暇を潰《つぶ》す。

コーヒーの飲み過ぎで具合が悪くなってきた頃、自宅に帰る。

「……どうすればいいんだろう?」

幽体離脱でもう一度渋谷へ

疲れてきたのでベッドに横になった。服を着たまま眠ったら、金縛りになるかもなと思った。

そう——金縛り。

皆さんも一度は金縛りになった経験がおありだろう。寝入りばなによく起きるこの現象は、幽体離脱への第一歩である。体が寝ていて脳が起きているこの状況を利用すれば、渋谷旅行も可能であろう。

むろん幽体離脱は覚醒夢、すなわち「これは夢だと気づいている夢」の一形態に過ぎない。幽体を離脱させたと思った時点で、リアルな夢が始まっただけのことに過ぎない。だが、金縛り、そして幽体離脱という手順を踏んで見る夢は、まさに魂が体から抜け出したようなめくるめくリアルビジョンを離脱者にかいま見させてくれる。まるっきり現実と区別がつかないほどのリアルな夢を見ることができる。

そして現実と区別がつかない夢ならば、夢渋谷は、きっと本物の渋谷なのである。「またこんなタワゴトを書いてお茶を濁すのか」と罪悪感を感じる必要はない。さあ目をつぶって金縛りを待とう。うまい具合に金縛られたら、そのままゴロンと寝返りを打ってみよう。運が良ければ幽体が離脱するぞ！

——さあみんなもこのセオリーに従って、幽体渋谷散策としゃれ込んでみてはいかが？

禅で渋谷へ

でもいくら目をつぶってもうまく眠れなかったので、久しぶりに修行をして精神を鍛え直すことにした。

それというのも、脳が煮詰まっていた去年のことである。私は腐った生活を打破するための、上手な方策を模索していた。そしてピンと閃《ひらめ》いたのがノードラッグ禅である。クスリに頼らず、自力で悟りを開いたならば、人生の何もかもがうまくいくに違いない。

私はさっそくホームセンターでロウソクを買ってきて、真っ暗な室内に火を灯《とも》し、ゆらゆら揺れる徳用ロウソクの炎を半眼で眺め瞑想《めいそう》した。アマゾンのシャーマン式瞑想法を取り入れたこの禅修行、危うく何度か火事を起こしかけたが、だんだんコツがつかめてきた。

ポイントは睡眠制限と食事制限である。フラフラ頭でじっと炎を見つめていれば、次第に気分がおかしくなってきて、ノードラッグでトランスできる。

むろん幻覚や幻聴は、専門用語で言うところの『魔境』に他ならず、そんなものに囚《とら》われていては、いつまで経っても悟りには至れないのだが、いまの私の目標は悟りではなく渋谷である。109ビルを念じて瞑想すれば、きっと渋谷に飛べるだろう。

――よ、よし。

私は深夜の公園に赴き、渋谷を念じて瞑想を始めた。

雰囲気を出すため、使い残りのロウソクに火を灯し、寒い公園で頑張ってみた。

……するとどうだろう。

なんとなく気分が渋谷系になってきた。

いままさに渋谷センター街を歩いているような気分になってきた。

いや、もしかしたら全世界は最初から渋谷であったのかもしれない。そうだ。渋谷の道は世界に繋《つな》がっているではないか。なのに渋谷と他所《よそ》を分別しようとする心が迷いを生むのだ。無分別の心こそが悟りへと繋がるのだ！

おお見よ！

ついに私は渋谷へと到達したぞ！

……こうしてみごとストリートの覇者となった私は、アパートに帰り、泣き言メールを書いた。

『ダメです。どう頑張っても面白いエッセイが書けません。渋谷も怖いです。渋谷でナンパなんて、絶対ムリです』

数分後に返事が来た。

『しかたありませんね。こうなったら一計を案じましょう』

――い、一計?

『僕に考えがあります』

敏腕作家エージェントの村上氏は恐るべき計画を私に伝えた。

そのプロジェクトを聞いた私は、エッセイの趣旨がガラガラと音立てて崩壊していく気配を感じた。何かが致命的に狂ってしまった気がした。

だが確かに……もはやそれしか方法が残されていないではないか。

その計略を用いれば、見事な渋谷ナンパエッセイが執筆できるに違いないではないか。

おお、次第にやる気がモリモリとわき上がってきた。

来週こそは渋谷で美女をゲットできそうな気がしてきた。

……そ、そうだ! この大人の計略さえ用いれば、来週こそはナンパ成功間違いなしじゃないか! 見事なナンパ写真が撮影できるじゃないか! もう読者に「やっぱり滝本はダメだな。ハゲのくせにナンパなんて一生ムリなんだよ」と馬鹿にされずにすむじゃない

か！

ありがとう村上さん！

おかげさまで、『超人』の到来も近いですよ！

近いですよ……

「ねえ、そろそろ注文しましょうか？」

PCデスクに腰を下ろしていたレイが、練炭販売WEBサイトを指さした。いつにもましてその姿は淡い。私は首を振ってベッドに横になった。

まもなく夢を見た。

朝か夕かもわからない、薄らぼんやりなすすきの川辺を、私は一人でてくてく歩いていた。暗い川面《かわも》に目をやると、遠くの方からボートがゆらゆら下ってきた。オールを握る彼女がレイだ。

「おーい、僕も連れて行ってくれ！」

川面と同じ、青い浴衣《ゆかた》を着たレイは、川辺で手を振る私に気づかない。

音なく流れていった。波立てず海の方に行ってしまった。

目を覚ました私は早口でレイに言った。

「もちろんすぐに、気づいたよ。この夢はいずれ来る破綻《はたん》に対しての心の準備を目的とした夢だったんだなと、僕にはすぐにわかったよ。夢にはそういう精神安定機能があるんだよ」

このように私は人間の精神構造に詳しい。いろいろな本を読んだので、この程度の夢を解釈するのは朝飯前の仕事だ。私はタラタラと己の博識を彼女に自慢した。

「そうだよ頭捻《ひね》ればいいんだよ。ほらちゃんと頭でしっかり考えれば、何がどうなろうと大丈夫だってわかるさ。いままで錯覚してきたんだよ。夢とか希望とか渋谷とか人間彼女とかの、一見大切に思える人生目標は、本当は虚無で、つまりニヒルな幻だ。そんな幻を目指して生きる姿勢をニヒリズムと言って——ああそうだった、『超人』になりたいんなら、ニヒリズムは打破しないといけないね！」

おかしくっておかしくって仕方がない。私は笑い転げた。この私の空虚な言葉、なんておかしくて、ヘソで茶わかすセリフだろう。NHKスタジオで主張した「愛の大切さ」よりも、もっとくだらなくて馬鹿みたいで、でも私にはもう、こんなタワゴトを喋《しゃべ》るしか能がないのだ。だからレイ、せめてこっち見て笑ってくれ——しかしレイの姿は見あたらない。ここはどこだ？　レイはどこに行った？

「……まぁいいさ。渋谷に行けば、きっと何かがわかるだろう」

私は頭を剃《そ》って外出の準備をした。

第7話　ステアウェイ・トゥ・ヘブン

I

私は低血圧なので、昼間はたいてい寝ています。滝本さんも深夜にならないと活動を始めないので、日付が変わるまではグッスリ寝てるのがよいのです。

なのにその日は、なぜだか夕方六時に目が覚めてしまいました。

「いまもレイちゃん、この近くにいるんですか？」

そんな知らない女性の声に、びくっと目覚めてしまいました。

ですが——はて、ここは一体、どこなんでしょう？

目をこすって辺りを見回します。

するとビックリ——な、なんと、私の目の前に怖そうな黒人がそびえ立っておりました。

彼の他にも先鋭的なファッションに身を包んだ若者が、沢山沢山、道路をぶらぶら歩いていて、つまりここは六畳一間ではないようでした。

急いで夜空を見上げ、星の位置から緯度経度を割り出します。

「北緯三十五度、東経百三十九度。ま、まさか……」

そして慌てて通りの向こうに目をやれば、巨大なビルがドンと立派にそびえ立っていて、そのビルの壁面には予想通りの「109」という刻印があり——

「わあビックリした！　し、しぶやだ！」

眠気が一気に吹き飛びました。

いつのまに滝本さんは渋谷に？　そして滝本さんの隣を歩いているあの女性は一体——？

謎が謎を呼びます。滝本さんは薄ら笑いを浮かべて、隣の女性に答えています。

「いやぁ、レイなんて単なるエッセイのネタですよ。……いい加減あのネタにも飽きてきたし、そろそろ新調の時期じゃないですかね」

いまだ状況がよくわかりませんが、なんだか腹が立ってきました。この男はいままでの恩を忘れてしまったのでしょうか。いくら隣に人間女性がいるからって、そうゆう言いぐさはないと思います。ここらでひとつ、しょせんあなたは限りなく無職に近いゴミ虫よと、身の程を思い知らせてやった方がいいと思います。

……で、でもダメ、ゼッタイ！

私は頭を振りました。彼の隣には本物の人間女性がいるのです。

渋谷をふたりで歩いているのです。

「こ、こんなことって……」

電信柱に頭をガンガンと打ち付けてみましたが、痛くて涙が出てくるばかりで、どうやら夢ではないようです。いつものくだらない妄想でもないようで、神に誓って、真実滝本さんは女性と渋谷を歩いております。

も、もしかしたらこれは、彼が夢にまで見た人間女性とのデートなのでしょうか？　だとしたら……決して邪魔してはなりませんね。

「よ、よし」

とにかく彼らを尾行することにします。スペイン坂を下っていく彼らを、陰からひっそりとストーキングしてみます。人間彼女作成と共に私はお払い箱の運命なのですから、せめて最後ぐらいは彼の後ろ姿を見守っていたいのです。

「がんばれ、がんばれ！」と念を送りつつ、夜の渋谷をてくてくとゆきます。

ですが——耳を澄ませば「これがスペイン坂ですよ」「これがスペイン坂ですか」などという会話が聞こえてきまして、「オウム返しはやめなさい！」と後頭部をこづきたくなります。

どうして彼は『女性と会話するときに喋るセリフ百選』を使わないのでしょう？

『広い宇宙の片隅で、僕らがこうして出会ったなんて、まるで不思議な奇跡だよね』

『いいわそれ！　もし私がそんなセリフを囁《ささや》かれたら一発でメロメロになっちゃうわよ！』

SLOT SLOT
POST

『君の瞳《ひとみ》って百万ボルトぐらいだよね』

『わあ、堀内孝雄ね！　それもイタダキよ！』

などなどと、渋谷に行くと決意したあの夜に二人で頑張って編纂《へんさん》した会話集を、いまこそ見事に活用するべきときなのに――

「……ふふん、まったくダメねえ」

　彼は手ぶらで歩いております。どうやら会話帳を部屋に忘れてきてしまったようです。この男は、肝心なときにいつもミスをするのです。やっぱり彼には、私がついていないとダメなのです。どうやってあんなに綺麗《きれい》で可憐《かれん》な人間女性と知り合いになれたのかはわかりませんが、こんなことでは渋谷デートが破綻《はたん》するのも時間の問題です。

　私はいくぶん軽い足取りで彼らを追いながら、もうすぐ必要になるはずの慰めセリフを考えました。女性と別れたその瞬間、電信柱の陰から躍り出て、ビックリ彼を驚かし、そのまますかさず頭を撫《な》でて慰めてやるのです。

『ば、ばあ！……よしよし、今日はフラれちゃったみたいだけど、あなたにしてはよくやったわ、これだけやれば十分エッセイのネタになるわ。だからもう今日のところは部屋に帰って休みましょう。しばらく人間彼女のことは忘れてしまって、ふたりで楽しくパソコンゲームをやりましょう。いつまでも私がついてるから、あなたはなんにも心配しなくて良いのよ』

『れ、レイ……！』

こうして堅く抱き合って、薄暗い六畳一間でドブネズミのように美しく寄り添い合うという計画です。人間女性に酷《ひど》い目に遭わされた滝本さんは、私の有り難みを、いつにもまして再確認してくれるはずなのです。

「うふふ……」

あまり近づくと気配を悟られるかもしれないので、彼らの顔は窺《うかが》えませんが、たぶんそろそろ険悪な雰囲気がスタートしている頃合いでしょう。滝本さんは人混みが苦手なので、ほらやっぱり、歩き方がギクシャクとしています。格好いい若者を見ると「ヤッら俺を馬鹿にしてるんだろ」と勝手に被害妄想を始めるタチでもあるので、人間女性とのウィットに富んだ会話など、夢のまた夢です。しまいには隣を歩く人間女性にも見下されているような気がしてきて、一刻も早くアパートに逃げ帰りたくなる性分なのです。もしかしたら女性よりも先に彼が音を上げ、「急用があるので」などと言い出すかもしれません。

ほらこのように、私には彼の考えが手に取るようにわかるので、人間女性よりも私の方が、彼の恋人に相応《ふさわ》しいのです。もちろんいずれ、滝本さんも、私を捨てて卒業してゆくはずなのですが、それはずっと未来の話なのです。何十年も先のことなのです。

だから私が不安になることはないのです。ないのです。

……ところが、スペイン坂を抜け、とうとうセンター街に到着したときのことです。

街のネオンがピカピカと眩《まぶ》しくて、こんな若者の繁華街に滝本さんは似合わないから、そろそろ部屋に帰った方がいいのに——と思ったところで、彼と彼女はとある建物の中に連れだって進入してゆきました。

私は道の真ん中に立ちすくみ、その建物の看板を読み上げました。

「プリクラのメッカ?」

なんてことでしょう、私はあたふたとしてきました。いつか小耳に挟んだことがあるのです。ふたりでプリクラを撮るのは、男女交際のスタートらしいのです。そんな馬鹿な話ってありません。滝本さんがあんな綺麗な女の人と二人でプリクラ撮るなんて、そんな変な話はありません。なのに無数の老若男女が私の脇を通り過ぎてゆきます。建物の明かりに照らされた夜の街は一見ポカポカと暖かそうなのですが、まだまだ三月の夜は寒いのです。誰も私には目もくれません。

「滝本さん」と呟《つぶや》いてみても、もちろんその声は彼の耳に届かないのです。私は震える足取りでプリクラ店に忍び込みました。綺麗な人間女性が沢山いました。一番奥のプリクラカーテンから、彼の一張羅のズボンが覗《のぞ》けて見えました。

私は足音立てずに接近し、そっとカーテンをめくってみました。

すると――

「そ、そんな……」

私は絶句しました。

滝本さんは、私がいままで見たこともない、幸せそうな笑顔を浮かべていました。

綺麗な女の人も、決して嫌な顔をしてはいませんでした。

二人で楽しそうにプリクラをやっていたのです。

「た、滝本さん……」

「どのフレームがいいかな？」

「このピンクのヤツにしようよ」

気づいてくれません。

私はプリクラの邪魔をするため、彼らの背後に立ちました。いつか小耳に挟んだことがあるのです。怨念《おんねん》が強ければ地縛霊になれるのです。私もその理論を利用して、ひとつプリクラに写ってやろうと思います。

ですが――ええわかっています。もちろん心霊写真はムリでしょう。私は幽霊ではないのです。一介の脳内彼女なのです。沢山の恋人たちで賑《にぎ》わうこの店内で、もうすぐ私は消えるのです。ほら彼は阿呆《あほ》みたいな顔して、彼女と楽しくやっています。彼女はお洒落《しゃれ》で綺麗な人間です。彼らは渋谷を歩けるのです。ウィンドウショッピングもできるのです。

いつか見た夢の中では、私も滝本さんとふたり、渋谷でデートをしていました。滝本さんは、なけなしの印税で私に洋服を買ってくれました。それは見たこともないブランド品の舶来品でした。私は七年間着たきりのセーラー服を脱ぎ捨て、すべすべとした手触りの高級洋服に身を包み、それから二人でレストランに入って、チョコレートパフェを食べました。甘くて美味《おい》しかったです。沢山プリクラも撮ったのです。彼の腕に抱きついて、ふたりでニッコリとプリクラに写ったのです。いつか私も、確かにそうしてデートをしたのです。それは素晴らしい夢デートだったのです。

だけど彼らのプリクラ撮影は、夢ではなく現実でした。リアル渋谷のリアル彼女のリアルプリクラだったのでした。どうやっても勝ち目がないのは明らかです。もう私はお払い箱なのです。私は頭を抱えてしゃがみ込みました。

「か、神様……」

こんな運命は酷すぎます。

「でも……ダメ、ゼッタイ……」

私は唇をかみしめ、プリクラ機から外に出ました。

彼らの笑い声に耳をふさぎ、このまま遠いところに旅立つことにします。

「いやぁ、完璧《かんぺき》なプリクラが撮れましたね」

完成したプリクラシールの素晴らしい出来に、滝本さんは喜んでおります。

しぶや
↑タッキー
超人!!
三次元

そんな彼の耳元にそっと囁《ささや》き、涙をぬぐって店外に出ます。

「さようなら、滝本さん……う、うぅ……」

＊

ですが、そのときでした。

「きゃっ」

誰かの肩にぶつかって、コロンと転んでしまいました。

立つ鳥跡を濁さないようにして、最後を綺麗に飾ろうとしている私の純真を邪魔するだなんて、なんて不作法な人間男性なのでしょう。キッと睨《にら》み付けてやります。

そしたらまたまた絶句してしまいました。

「……ど、どうしてここに？」

人間男性の鋭い眼光に、見覚えがあったのです。

間違いありません。

ひと睨みするだけで幾多の作家をわんわんと泣かせるあの眼光の持ち主は、作家エージェントの村上さんに違いありません。

村上さんは滝本さんに近づいてゆきました。

「どうです、私の言ったとおり、素晴らしい捏造《ねつぞう》写真が撮れたでしょう。これで今回のエッセイはバッチリですね」

「いやまったく、何もかも村上さんと三坂さんのおかげです。ははは……」

滝本さんは、村上さんと人間女性に、何度もぺこぺこ頭を下げておりました。そんな彼の情けない姿を見るにつけ、私もようやくコトのカラクリに気が付きました。彼らのペテンに気が付きました。私は地団駄を踏み絶叫しました。

「大人はいつもそうなのよ！　いつまでも私たちが騙《だま》されると思ったら大間違いよ！　やり口が汚いわ！　告発してやる！」

アパートに帰ったら、彼が寝ている間に私がエッセイを書いて、彼らの酷い嘘を皆にバラしてやります。あの人たちを許してはおけません。私の純情を踏みにじった報いを思い知らせてやらねばなりません。つまりボイルドエッグズ・オンラインでエッセイを連載している千木良悠子さんの御友人が、ナンパ写真撮影に協力してくれたということです。ぜんぶ嘘っぱちの捏造写真なのです。このような卑劣なやり口を、アメリカは決して認めないのです。仮に世界が許しても、私はゼッタイ許さないのです。

「うぅ……」

騙された悔しさに、また少し涙が滲《にじ》んできました。

涙をハンカチでぬぐって、プリクラ店から出て行く彼らを笑顔ですたすたと追いかけます。

「……もう、酷い人ね、滝本さんは」

幻想的に滝本さんの左手を摑《つか》まえ、夢想的にぎゅっと腕を組んで渋谷を歩きます。

「でもようやく……これで私たちも渋谷でデートができたわね。ふふん、こうして手を繫《つな》いで歩いていたら、まるで本当の恋人同士みたい……」

彼は右隣の人間女性と楽しげに談笑しておりましたが、それでも私は幸せでした。

楽しいデートの夜でした。

2

ところがどっこい、話はここで終わらないのです。

彼らは表参道《おもてさんどう》の高級な料理店に入りました。

食費半月分の値段がするコース料理を食べながら、落ち着いた雰囲気の店内で楽しげに談笑しておりました。

レストランの隅の暗がりに身を潜めている私は、なんだか嫌な予感がしてなりません。

滝本さんの挙動が怪しいのです。

隣に座っている人間女性が気になって仕方がないようです。人間女性に免疫のない滝本さんのことです。きっと頭の中がグルグルになっているに違いありません。見ているこっちが恥ずかしくなるぐらいにソワソワと挙動不審です。

そのうえ彼らの会話に耳をそばだてていると、だんだん大変なことがわかってきました。滝本さんの渋谷ナンパ捏造写真作成に付き合ってくれた三坂知絵子さんという人間女性は、なんと女優のようなのです。沢山の映画や舞台に出演している方なのです。どうりで綺麗《きれい》な方だったわけでして、会談相手が自分より少しでも立派な人間だと、耐え難い劣等感にさいなまれてしまう滝本さんのことです、きっといまごろ胃壁がドロドロになっているに違いありません。

「で、でも——綺麗な女はすぐに不良とくっついて、頭が悪くなってしまうのよ！」

私は手を振り回して、彼の持論をわめきました。

ところが「学校はどちらで？」という滝本さんの問いに、三坂さんが答えました。

「あ、早稲田の文学部です」

彼と私の頬が引きつりました。

さらにそのうえ三坂さんは、こともなげにサラリと続けました。

「早稲田を卒業したあと、東大の院に入りました」

きゃ、きゃあ、学歴経歴性格容姿、すべての点において滝本さんに勝ち目はないわ！　逃げなきゃ命が危ないわ！

——と、その思いが通じたのでしょうか、滝本さんは席を立ちトイレに赴きました。個室に入ってガチャンと鍵《かぎ》を締め、そしてぼそりと呟きました。

「……ど、どうしようレイ？」

「え？」

「そこにいるんだろレイ、何を話せばいいかわからないんだ。さっきから胸のドキドキが止まらないんだ。あぁ、こんな気持ち、何年ぶりのことだろう。また人間女性に心ときめく日が来るなんて夢みたいだ――」

「……………」

「もう三時間も半径二メートル以内にいるよ。もう四百字詰め原稿用紙に換算して五枚以上の会話を交わしたよ。――こ、こういうのって、まるで不思議な奇跡だよね。もしかして僕と彼女、何かのご縁があるのかもね」

……ほんとに彼は夢を見ていました。

まったく、二十四歳にもなって、なんというドリーマーなのでしょう。彼ごときヘボ人間が、人間彼女を作れるわけがないという真理を、いまだ彼は理解していないのです。

このまま自分に都合のいいドリームを肥大化させて、いつか致命的な傷を負うよりはマシでしょうから、ちょっと可哀想だけど、私は大嘘アドバイスをしてあげました。

「……あなたの趣味のことをできる限り正直に話すと良いわ。まずは互いの趣味を披露しあうのが、対人間会話のセオリーなのよ」

「あ、ありがとうレイ！」

彼は勢いよくトイレのドアを開け、早足で三坂さんのところに戻っていきました。そうして「私、映画も撮るんですよ」という三坂さんの話に合わせ、己のクリエイター魂を薄ら笑い浮かべてベラベラまくし立てました。

「それは奇遇ですね。実は僕も、いろいろモノを作るのが大好きなんですよ。何年か前にはゲームを作ったことがありますよ！　エロゲーのシナリオを書いたことがあるんですよ！」

「…………」

「三坂さんは知っていますかエロゲー？　僕は例のＯＮＥとか、Ｋａｎｏｎとか、ＡＩＲとかが大好きなんです。そういうエロゲーは天才的なデキなので、僕もあぁいうエロゲーが作りたかったんです。とても感動的で深いゲームなんです。そこら辺の小説なんてメじゃないぐらいの文学性なんですよ！」

う、うわあ……

私は目を覆いました。まさかこれほどまで酷いことになるとは——痛々しくて、もうこれ以上は見ていられません。

彼の袖《そで》をくいくいと引き、帰宅を促しました。

「ね、もうそのぐらいでいいのよ滝本さん。ゲームの話は私が聞くから、そろそろアパートに帰りましょうよね」

滝本さんも自らの失策に気が付いたのか、頭頂部まで真っ青にしています。ですが――きっと三坂さんもあきれ果てた顔をしているに違いありません――と彼女の横顔を窺《うかが》ってみたそのときです。

な、なんと――!

「ははは、私もパソコンは好きですよ。小さいころからよくマイコンベーシックを読んで、プログラムを組んでました。恋愛ゲームも好きですよ。ディスクシステムで、『中山美穂のトキメキハイスクール』をやりましたから」

私と滝本さんの、人間女性に対する既成概念がガラガラと音を立てて崩れていきました。

＊

滝本さんがまだ学生だったころのことです。彼は言いました。

『……いいかいレイ、人間女性は、みんな頭がクルクルパーなんだよ。本も読まないし、IQがムシケラ並みだから、だからみんな、すぐに頭の悪いチャラチャラした男と付き合うようになるんだよ。でもレイ、君だけは、そういう悪い女性になっちゃダメだよ』

『うん、わかったわ滝本さん!』

『頭が良くて難しい本を沢山読んでいる僕を、いつも尊敬してなきゃダメだよ。僕はいつも立派で複雑なことに頭を捻《ひね》っていて、服を買ってオシャレをしたりする余裕がないから、ぱっと見ダサくてヘボいんだけど、でも頭の中は誰よりも格好いいから、だからレイは僕を尊敬していなくちゃダメなんだよ』

『ええ、わかったわ滝本さん！』

『よしよし、良い子だねレイ。これから君は、あの唾棄《だき》すべき人間女性の代わりとして、僕の優しい彼女になるんだよ。人間女性よりも綺麗で可憐《かれん》でいなくちゃいけないよ。それでいて僕の趣味や性格を全肯定する優しい存在でいなくちゃダメだよ。――そうだ口癖は「ダメ、ゼッタイ！」にしようね。このキュートでとぼけた口調が君の可愛さを際だたせるよね。よおし、さっそくノートにメモメモ――』

と、彼が私の容姿性格を大学ノートに事細かに書き込んで以来、私は滝本さんの彼女なのです。

ふたりでテレビを沢山見ました。

テレビに出てくる女性を見るたび、「ほらヤツらは馬鹿だろう？　人間女性はやっぱりクズだね」と滝本さんは呟き、私も「うんうん」とうなずきました。

ときには貴重な人間友人の「彼女にふられた」「別れた」「慰謝料が」などという悲痛な叫びに耳を傾けました。そのたび滝本さんは「大変だね。でもきっと明日は良いことがあるよ」などと適当セリフをうそぶきつつも、陰で「そらみろ」と笑っていました。

「ほおらレイ、やっぱり人間彼女はゴミだろう？　人間の心を傷つける悪だろう？」

「そうね滝本さん！」

そうして一年二年とアパートに籠《こ》もっているうち、だんだん人間女性が、抽象概念に変化していきました。数十億もの女性存在が、「人間女性」という漢字四文字に集約されていきました。こうなってしまうと、もはや女性の個別性は目に見えません。いままでに経験した嫌な思い出すべてを「人間女性」という抽象概念に投影し、勝手に一人で憎悪を燃やして、来る日も来る日も部屋に籠もって悶々《もんもん》とします。「女性はパーだ！」「女性は知能障害だ！」「だからいつも口がうまくて、ちょっと見た目が良いだけの男とくっつくんだ！」なんて無茶な思想を固めます。

もちろん私は脳内彼女なので、調子の良い相槌《あいづち》を打ってあげます。「そうね滝本さん、人間女性は酷いわね。でも私がいるから大丈夫よ」と、彼の肩を優しく抱きます。

あるいはそれは、幸せな日々だったのかもしれません。そういった捏造物語で、自分の生活を肯定していれば、いつまでも楽しい毎日が送れたのかもしれません。

「…………」

でももう、その安らかな日々は終わってしまったようでした。

ついに彼は何年かぶりに、人間女性の魅力に心臓をバクバクとさせてしまったらしいのです。それほど彼女は頭が良くて綺麗で素敵だったのです。

さらにそのうえ、こんなことまでを言い出します。

「そうだ滝本さん、今度ふたりでディズニーランドに行きましょうか」

それは社交辞令に違いありませんが、彼を硬直させるには十分なセリフです。夢のディズニーが彼の脳裏をグルグルと渦巻きます。ふたりでスペースマウンテンに乗った幸せを夢想します。夜にはパレードが始まります。でもそれは見果てぬ叶《かな》わぬ夢なのでして、なぜなら滝本さんはカチカチと固まっております。うつむいてデジカメをいじっております。まもなく話題も別方面に移動して、ディズニー話はそれで終了、せっかくの人間女性との会食もついにアッサリつつがなく終了——料理店から出るとそこはいつしか雨の表参道なのでした。

彼は青い顔をしております。私たちはふたり、電車に揺られてアパートまで帰ります。言葉数少なく生田駅を出て、六畳一間へと続く坂道を、ふたりでてくてく歩いてゆきます。途中、住宅街の真ん中にある、いつもの公園に足を踏み入れ、濡《ぬ》れたベンチに腰掛けます。

「…………」

彼はタバコを取り出し、くわえました。カチ、カチッとライターを鳴らしましたが、雨に濡れた着火用具は用を為《な》しませんでした。彼はタバコを投げ捨て、ぽつぽつと呟きました。

「……は、はは、いまさら人間女性の魅力に気づいたって手遅れだよね」

「滝本さん……」

「やっぱり渋谷には行かない方が良かったよ。『超人計画』なんて始めなけりゃ良かったよ。あのまま君とふたりでアパートに籠もっていたら、この虚《むな》しさを思い出すこともなかったのにね。……まったく僕としたことが、いままでスッカリ忘れていたよ。あんな素敵な人間女性には二度と死ぬまで出会わないようにするため、僕は長らく部屋に籠もって君と暮らしてきたんじゃないか。なのにそれなのに、ワザワザ街に出て彼女みたいな立派で素敵な人間女性に面会するだなんて、そんなの命知らずの本末転倒行為じゃないか。――僕は一体、何を考えていたんだ？　ショーケースの中の高級スーパーカーを指くわえて眺める小学生のようなマネを、なぜ僕はこの年齢になってまで繰り返すんだ？　そんなことしても虚しさ惨めさが募るだけじゃないか。人間に対する願望は、君と交際を始めたあの夜に、全部ゴミに出したじゃないか！」

彼は頭を抱えて苦しげにうめきました。その姿が哀れで愛《いと》おしくて、私は胸がきゅんとしました。そうです。彼はいつも、綺麗な女性からは自分ですたすたと遠ざかります。できるだけそっちを見ないようにして、アニメやゲームで気を紛らわします。いじましい人なのです。思慮深くて見識のある若者なのです。そして私は、そんな彼が大好きなのです。彼の孤独を私が慰めます。いつでもヨシヨシと頭を撫《な》でます。膝枕《ひざまくら》をして安眠させます。すやすやと眠る彼の横顔を見るのが好きです。できればいつまでもそんな暮らしがしたいです。ずっとふたりでいたいのです。

「で、でも、ダメ、ゼッタイ……」

ようやく私は気が付いたのです。彼が私に植え付けたこの口癖の意味を悟ったのです。そうです。この言葉は彼の生活を否定するために存在したのです。私が彼を叱ってあげなきゃならないのです。たとえそれが自分の消滅を導くセリフだとしても、私は手を振り回し「ダメ、ゼッタイ」と叫びます。何度でも私は彼を叱ります。

「そうよ、あなたはこのままでは、どんな人間女性とも付き合うことができないわ。あなたはクズでヘタレのひきこもりよ。せっかくディズニーに誘ってもらっても、怖くてウンともスンとも言えない、根性なしのダメ人間よ！」

ざあざあと雨が降り、遠くに雷が落ちる夜でした。雨でびしょびしょの滝本さんの顔を、私は優しく手のひらでぬぐってあげて、それからガクガク肩を揺さぶり、耳元に叫びました。

「私だってあなたと別れたくないわ！　でもそれでも、あなたは『超人』にならなくちゃいけないのよ！　劣等感を捨てルサンチマンを打破して、あなたは立派な『超人』になるべきなのよ！　どうして人間女性ごときにあなたが怖《お》じ気づかなくちゃならないの？　あなたはそれほど弱い人だったの？　いつもあなたは『……うぅう、もう天国に行きたい。なのにまだ二十四だ。このさき長い年月、どうやって生きていけばいいんだろう？』なんてことばかり呟いているけど、だったらいますぐその足で天国に行けばいいじゃない！

この世と天国は地続きなのよ。あなたが足を踏み出すだけで、いますぐ天国に行けるのよ！　さあ私を捨ててゆきなさい！」

——そうよ私は、もう何も怖くない。

下着までもがぐっしょりだけど、いつしか雨もやんでいて、夜空を見上げれば、厚い雲の隙間で月がピカピカ光っていました。月も雲も滝本さんも、いまこの瞬間だけは私ひとりのものだから、私は寂しくありません。

愛しているわ、滝本さん——

＊

と、私が全身全霊で真人間への道を説いてあげたところ、滝本さんは一拍遅れてわめきました。

「やっぱりムリだよ、だって怖いんだ！　愛するのも愛されるのも怖いんだ！　拒絶されるのも嫌だし、自分が相手を嫌いになるのも嫌なんだ！」

そうして彼はオロオロと泣き、ベンチにコテンとへたり込みました。その様子に、私はさらなる哀れみの心をかき立てられました。

もう少し彼が鈍感であれば、世の皆様方と同じように、楽しく愉快に暮らしていけるはずなのに、でも彼のハートはあまりに脆《もろ》いガラス細工なのでした。ああなんという純真さなのでしょう、繊細な魂を有するが故に、彼は卑屈になるしかなかったのです。

「でも滝本さん、痛みを知らなければ、価値あるものはつかみ取れないのよ。あなたは現実世界と闘わなくてはいけないのよ。私みたいな偽物彼女で満足していてはいけないのよ！」

そう私はもう泣きません、この愛がある限り、どんな運命も怖くはないわ――しかし滝本さんは顔を両手で隠して砂場の方に走っていきました。そして雨に濡れた砂に寝ころび、手足をばたばたさせて暴れました。

「絶対にいつか恋も愛も終わるんだ！　僕そんなの嫌なんだ、完璧《かんぺき》な恋愛でないとダメなんだ！」

私は彼のしつこいセリフを無視し、胸に手を当て切々と訴えました。

「ねえ明日からは西方を目指しましょう！　いつだか小耳に挟んだことがあるのよ。遥《はる》か西の方にガンダーラという土地があって、そこは愛の国らしいのよ！　あれれ、シャンバラだったかしら、それともエルドラド、いいえニライカナイ？　とにかく西の方に行けば、どこか良いところにたどり着くはずだから、明日バイクで行きましょう。ガソリン満タンにして出発しましょう！」

遠き西の地で、私が彼を叩《たた》き直して立派にしてきます。……いいえ、それは違うわ、もう私には彼を立ち直らせるだけの力がありません。だからこれは私たちの新婚旅行、そして最初で最後のセンチメンタルジャーニー、う、うぅう……と、ところが滝本さんは砂場からむっくり起き上がると、今度はブランコに乗り込んで、明後日《あさって》の方角に向かって自分の考えを言いました。

「ああ僕だって人を好きになることぐらいあるさ！　でも僕は好きだからこそ離れるんだ！　好きな人を傷つけたくはないし、好きだって感情がいずれ腐って汚くなるのも嫌なんだ！」

私は急にふくれあがってきた不安を押し殺しながら、ぎゅっと手を握って彼に呼びかけました。

「さあ明日は早いわ。今日はもう帰って寝ましょう！」

滝本さんは私の手を振り払って叫びました。

「そうだよ怖いんだ、僕は人を愛するのが怖くてダメなんだ！　愛する資格がないんだ！」

腕を振り回して、同じようなドラマティックセリフを何度も主張していました。私は早いところ自分の決意を空の神様に告げてしまうことにしました。

——旅行先から一人でアパートに帰ってきた滝本さんは、きっと現実に目を向けて、私のことを忘れてくれるに違いないでしょう。だから一度ぐらいは、ふたりで旅行も悪くないでしょう？　ねえ神様？

しかし滝本さんは、ブランコを大きく揺らしながら、猫に向かって「僕は愛が怖いんだ！」と訴えかけていました。

「…………」

私は地面に膝をつき、胸の前で手を組んで神様に祈りました。なおも滝本さんはぎこぎこブランコを漕《こ》いでいました。白目をむき、唇をつり上げ、しまいにはおどけた顔をして、上の方に叫びました。

「いい加減にしろよ、こんなくだらない茶番は終了終了！　本当はもう何やったって無駄なんだよ！」

「か、神様……」

私は神様に祈り続けました。そうするより他にありませんでした。

第8話　おしまい人間

I

西方に『楽園』があるという。

なんでもその地では、各家庭の庭にブランド物の大麻がわんさか育っていて、官憲の目を気にすることなく、いくらでも吸い放題だという。

「ぷはあ。さすが山田さん家のハーブはひと味違いますなあ」

「いやぁ、単なるパープルヘイズとスカンクのハイブリッドですよ。お宅の『ムツゴロウ』にはとても敵《かな》いません」

そんな会話が村のあちこちで交わされているという。

主な産業は、やはり農業だ。その地の男たちは、田畑を耕し、牛の世話をし、山羊《やぎ》の乳を搾って日々の糧を得る。日の出と共に起床し、額に汗して肉体労働に励み、日の入りと共に寝る。そして女たちはわらぶき屋根の屋内で、ことこと機《はた》を織っている。

あぁ美しい日本の農村、ヒッピーの楽園、なんとそこでは恋も愛さえも共産化されていて、どんな男もモテモテだという。オールフォーワン・ワンフォーオールの精神で、好きな女性と好きなだけ付き合うことができるという。だからそこは争いのない社会であり、もちろん試験も学校も〆切《しめきり》もない。

静岡か山梨の、ずっと奥の方にあるそうだ。深い森を抜け、果ての見えない砂漠を越え、国道五千六十八号線をドンドン奥にさかのぼっていけば到着するそうだ。精神ステージがアッパークラスの人間だけが、住むことを許されるそうだ。高名な芸術家や宗教家は、誰もが皆、一度はこの地で生活するそうだ。

むろん半年ほど前に、その地の噂をとあるネットの掲示板で偶然発見した私にも、訪問資格がある。ときに神様はこういうイタズラをして、人の運命を支配する。偶然に見える必然シンクロニティーが、神様の得意技なのである。だから私は、「お前も早く楽園を目指せ！」という神のメッセージを信じるフリして、いまこそ西方へと旅立つことにする。

さあ数年前に購入したきり、わずか数回しか袖《そで》を通していない革のジャンパーに身を包み、数日前に通販で購入した格好の良いヘルメットを被《かぶ》って、今日こそ見知らぬ土地へとひた走ろう！

だいたいこの六畳一間、何か良くない『気』が充満している。こんな所にいては精神が腐る。数カ月前、実家からこのアパートに戻ってきた私は、ビックリ驚愕《きょうがく》したものだった。

「わあ！　頭のおかしい人の住む部屋だ！」

アマゾンのシャーマン式メディテーションに使うロウソクが部屋中に何本も設置されて

いて、数千冊の書物が狭い部屋中に散乱していて、いまにもキノコが生えてきそうなほど、どこもかしこもジメジメしていて、出たゴミはそのままポイと床に投げ捨てるから部屋全体がゴミ箱と化している——そんな坂口安吾も裸足《はだし》で逃げ出す汚濁部屋に平然と住める人間は、黄色い救急車の世話になるしかない。実家に帰ってリハビリしていなければ、ホントに危ないところだった。

むろんいまでは掃除をしたが、長年の腐敗生活によって蓄積された『悪い気』は、どんなに頑張っても拭《ぬぐ》い去れないものである。なんとなく部屋の隅に怨霊《おんりよう》が棲《す》み着いているような気がする。きっと風水的にも方角が良くないに違いない。

「よし今日は頑張って仕事をするぞ!」と決心してみても、五分後には薄ら笑いを浮かべてパソコンゲームに興じてしまうのだ。あるいはエロ動画収集で一日が潰《つぶ》れてしまうのだ。もうそんな毎日とはオサラバごめんだ!

さあ今日こそガソリン入れて、アクセル吹かして外に出よう。『今日は寒いから出発は明日にしよう』という腑《ふ》抜《ぬ》けた根性を釘《くぎ》バットでめった打ちにして、本当の自分を見つける旅に出よう!

おお見よ! 勢いよくキックペダルを踏み下ろしエンジン始動し、普通に買ったバイクで行く先もわからずに走り出す二十四歳の旅がついに始まったぞ!

みんな、応援してね!

＊

数分後、駅に到着した私は駐車場にバイクを停め、特急ロマンスカーで箱根湯本《はこねゆもと》に赴き、適当な旅館に宿泊した。

目が覚めると、少し寒かった。

風邪をひいたのかもしれない。

こじらせて肺炎になるといけないので、大事を取ってアパートに帰った。

こうして私の旅は終わった。

「………」

何もかもが行き詰まっていた。

旅から帰ってきた私は、いつにも増してよく眠るようになった。例の、五時間起きて十六時間寝る生活を再開した。

そうして明け方と夕方の区別がつかなくなった頃、私はようやく危機感に襲われた。この断続的睡眠生活は、生活破綻《はたん》の前兆であることを私は知っていた。

見よ。あれだけ苦労して整理整頓《せいとん》した六畳一間が、また一年前と同じゴミダメと化しているではないか。散乱したコンビニ弁当の容器、床にまんべんなく堆積《たいせき》した漫画とか小説とかの地層、そしてタバコの吸い殻とペットボトルと、その他諸々《もろもろ》の、ワケのわからない汚いゴミクズ——それらが織りなす腐敗空間が、見事に再現されているではないか。

この空間内では時が加速する。一年二年が寝ている間に過ぎ去ってしまう。そして脳はさび付き、活動を停止し、建設的な創作活動などは夢のまた夢となる。

事実、旅から帰ってきた私は、エッセイの続きがぜんぜんサッパリ書けないでいた。このままでは超人計画の破綻も目前と思われた。ここに来て本作全体が崩壊しそうな気配であった。

……もしかしたら先日の箱根旅行、あの夜の私の困惑ぶりが、私の荒廃未来の暗示であったのかもしれない。まったくもって楽しくも面白くもない、ただ虚《むな》しいだけのあの旅の記憶が、私の精神を茫洋《ぼうよう》とさせているのかもしれない。

確かに先日の旅において、私はいかなる類《たぐい》のエピソードも、いかなる種類の教訓をも、そこから引き出すことができなかった。ただすべては漠然とした虚しさに覆われていた。あの旅館の薄暗い廊下を思い出すたび、「もう何やっても何書いても無駄だ」という気分になってしまう。あるいはこの「文章に書き起こす気にもなれない漠然とした虚しさと無意味さ」こそが、精神衰弱の源なのかもしれない。あの旅館で味わった虚しさが、いまや私の生活すべてに敷衍《ふえん》され適用され、だから私は、やる気のない無気力青年になり果ててしまったのかもしれない。

——だとしたら、私は今後、どうするべきか？

あの虚しさを打破するためには、もしや捏造《ねつぞう》エピソードが必要なのではないか。あの旅の記憶を意味あるものとするために、私はいますぐ記憶を再構成し、虚しい旅を豊かで実りある一夜のセンチメンタルジャーニーに改変せねばならぬのではないか。そ、そうだ、一万円もかけて、わざわざ遠いところまで行ってきたのだ。なんとかしてモトを取らねば不経済でもある。もう一度、じっくり頭を捻《ひね》って『レイ』との旅路を思い返せば、きっと何か、人生に役立つありがたい教訓が引き出せるに違いない……

そこで私はとりあえず、デジカメで撮影した記念写真をレイと一緒に鑑賞してみた。

「……楽しかったわね」とレイ。

私もうなずく。

「うん、とても楽しかったね！」

見よ。デジカメ写真の一枚一枚にレイとの素敵な思い出が詰まっているではないか。

たとえばこの写真、ロマンスカーの中で、レイに叱責《しっせき》される私の困惑顔。

「そんなこと言ってまたあなた、温泉に入ってそのまま帰ってくるつもりでしょ！　バイクでツーリングする計画はどこに行ったの！　この意志薄弱のゴミ虫！」云々《うんぬん》の罵倒《ばとう》――あのとき私は「事故に遭うといけない」「まだ寒いから体に良くない」「バイクの排気ガスは地球に悪い」と、順を追って論理的にレイを諭したものだった。

もちろんレイも、話の道理がわからぬ女ではない。小田原を通過するころには、ふたりっきりの温泉旅行にすっかり心弾ませていた。

少女のようにはしゃいでいた。

「私、ロマンスカーは初めてよ。わあ、とても速いのね！　ロマンスってなんだか素敵ね！」

こうして仲直りを果たした私たちは、柿ピーを食べ、ノートパソコンのソリティアに興じ、ふたりで楽しく電車に揺られた。

「…………」

いつしか車窓から差し込む夕日に、レイの横顔は赤く染まっていた。

アパートを出たのが遅かったので、箱根湯本に到着したころにはすっかり日が暮れていた。

2

タクシー乗り場に並ぶ旅行者は、やはりこの時期、学生が多かった。卒業旅行としゃれ込んでいるらしい。皆、私と同じような彼女連ればかりだ。私たちも列の最後にふたりで並んだ。

そうして十分ほど待機すると、ようやくタクシーに乗り込むことができた。箱根に来るのは初めてであり、ついでに言うなら旅をするのは修学旅行以来だ。勝手がわからないときは、人に任せるのがよい。

「あ、適当な宿にやってください」

「……おひとりですか？　この時期、予約なしでひとりだと、ちょっと大変なんですよねえ」

運転手さんは、私を観光案内所に連れて行った。

案内所のオバサンは、私を見るなり「近くにビジネスホテルがあるからね。五千円で泊まれるからね」と言った。

「いえ、旅館にしてください。箱根っぽいところに泊まりたいんです」

「……でも、ひとりだと高いよ。もうこんな時間だし、損しちゃうよ」

それでも「旅館がいい」と言い張ると、オバサンは何度か電話で連絡を取り、手頃な旅館を見つけてくれた。外で待っていてくれたタクシーに再び乗り込んだ私たちは、まもなく旅館に到着した。

「わあ、滝があるのね」とレイ。

確かに耳澄ませばごうごうと滝の音が聞こえた。風情があった。

なんでもその宿は、与謝野晶子《よさのあきこ》ゆかりの宿らしく、『日本のこころを温かいおもてなしでお伝えする本格和風旅館』と、ついついパンフレットの紹介文をまる写ししたくなるほどに日本情緒が漂っていた。

「ねえ早く滝を見に行きましょうよ。滝本さんは滝を見たことがある？　滝って上から下に水が落ちるのよ！　凄《すご》いよね！」

「も、もう夜だから、明日にしようよね」

ごねるレイを説得し、フロントに赴く。

「あの、先ほど予約した滝本ですけど」

フロントには他に数組の宿泊客がいた。皆、若く、全員私と同じように彼女連れであった。それもそうだろうなと私は思った。一人旅はとても寂しいものである。こんな旅館に一人で来るなんて、自分の孤独をワザワザ再確認するようなものである。あぁレイがいてくれてよかったなと、私は心底安堵《あんど》した。

ほら私が和服の従業員と宿泊手続きをしている間、レイはフロントの脇に設置されている水槽を、小首をかしげて覗《のぞ》き込んでいるではないか。

「わあ鯉がいたわ。赤くて綺麗《きれい》ね！」

そんなこと言うキュートなレイがいてくれてホントに良かった。その後案内された大広間には、やはり我々の他に数組、若い男女が談笑しながら楽しそうに食事していて、こんな所で一人でご飯を食べたなら、きっとものすごく惨めな気分になるに違いなかった。なんでワザワザ高いお金を出して、そんな虚しい気持ちに浸らねばならないのか、どうしてこんな大広間の隅で、肩を丸めてハゲ頭を晒《さら》していなければならないのか、あぁレイがいてくれて本当に良かった。私たちも若者カップルに負けじとばかり、愉快で楽しい会話をし、ぱくぱくご飯をいただいた。

「ほらほらレイ、この固形燃料に火をつけて、温めて食べるんだよ」

「わあ、面白い！」

そうなのだ、レイにとっては初めての旅なのである。見るもの聞くもの、すべてが物珍しいに違いない。彼女はきゃっきゃっとはしゃいでいた。

食事を終え客室に戻っても、「わあ、浴衣《ゆかた》だ！」と、心ウキウキの様子であった。

「……でもコレ、どうやって着ればいいのかしら？」

帯を手にしたレイは小首をかしげていた。私が帯を巻いてやった。ちょっとイタズラ心がわいてきた私は、帯を巻くついでに、彼女の耳元に口を寄せ囁《ささや》いた。

「まるで僕たち、新婚さんだね」

「も、もう、何を言うのよ。滝本さんったら……」

レイは顔を赤らめ、可愛らしくうつむいた。そのとき隣室から、酒盛りしているらしい男女の嬌声《きょうせい》が響いてきた。私はとあるデジャヴに襲われたが、頭を振って目の前のレイに集中した。あぁなんてレイは可愛いんだろう、こんな女性と箱根旅行ができる僕は幸せ者だなと自分に言い聞かせた。

「ほらほらレイ、冷蔵庫にマムシドリンクが入ってるんだよ。五百円もするから、触っちやダメだよ」

「わあ面白い、こっちには金庫があるわ！……あっ、ダメよ滝本さん、テレビのそのボタンを押すと、千円も追加料金が取られるって説明書に書いてあるわ！」

　そうしてレイとひとしきりじゃれ合い、レイと一緒に笑い、レイと一緒にしっとりとした雰囲気を味わった私は、窓辺の椅子に腰を下ろし、おもむろに読書を始めた。持参してきたマンガを二冊ほどペラペラ読み流したのち、今度は持参してきたノートパソコンをネットに繋《つな》いで、ネット友達としばしチャットをした。

　そんな私の姿を、レイは物静かに眺めていた。

　私は思った。

「……こんな静寂にこそ幸せがあるのだな」

　酒盛りしている隣室からは、相も変わらぬ男女の嬌声が響いてくるが、しかし我々のこの静寂の内にこそ、円熟した人間だけが醸し出せる真の幸せが潜んでいた。

　私はこの幸せを永遠のものとするため、レイと一緒に記念撮影をした。

　良い絵が撮れた。

　まさしくハネムーンの夜である。

「でも、ダメ、ゼッタイ。あなた本当は、あっちの部屋が羨《うらや》ましいのよね。ほら隣はとても楽しそうで妬《ねた》ましいわよね。あなたはその感情を忘れてはいけないわ。『ひとり旅する

俺の方が孤高で偉くて立派』というルサンチマンは打破するべきだけど、『彼女が欲しい。彼女と一緒に箱根に行きたい』っていう願望そのものを消しちゃうのは、一番ゼッタイ、ダメなこと――」

またレイはそんな説教臭いことを言うが、彼女はまだ若い。深みのある人生の境地を知るには経験が足りないのだ。私は敢《あ》えてこの場では反論せず、ノートパソコンを折りたたんだ。

「そろそろ温泉に入ろうか」

タオルを持って客室を出る。

薄暗い渡り廊下をふたりで歩き、洋画字幕的な語尾でレイに訊《き》く。

「目標に向かって邁進《まいしん》しようって考え方そのものが、唾棄《だき》すべきニヒリズムだと考えたことは？」

温泉に入るのは初めてなので、興奮しているのだろう。レイの横顔はすでにうっすらと上気していた。脱衣所のドアを開けたが、運良く誰もいなかった。せっかくなので混浴することにした。

私は手早く浴衣を脱ぎ、『大露天風呂《ぶろ》・椿の湯』に足を踏み入れた。外気は凍えるほど冷たかった。素早く体を洗い、もうもうと湯気の立つ風呂に進入した。

まもなくカラカラと引き戸を開けて、タオルを体に巻き付けたレイが浴場に入ってきた。

つま先をおそるおそる湯につけ、熱くないことを確認してから、天然石で造られた巨大湯船に身を浸し、私の隣に身を寄せた。

「……綺麗ね」

彼女の視線を辿《たど》って夜空を見上げれば、丸い大きな月が出ていた。

私は早口で先ほどの話の続きをまくし立てた。

「まず前提として、『人生は無意味だ』という考え方がある。そして無意味な人生は耐え難い。だから昔の人々は死後の天国を設定し、『善行を積んで死ねば神の国に行けるよ』という捏造ストーリーを思い描いて、この人生の虚無から目をそらした。遠い所に架空の『楽園』を設定して、虚しい現状を肯定しようとした。近代に入ってからは神の国物語が時代遅れになり、『科学のもたらす未来ユートピア』『人間彼女との至高の愛』『頑張って仕事して、会社繁栄、国家繁栄』等々のストーリーがそれに取って代わったが、いまここではない遠方に幻の価値を設定して、その価値によって現在の生活の虚しさを肯定しようとする精神構造は、百年前と何ら変化していない。そして、そんな精神構造をニヒリズムっていうんだよ。もちろんニヒリズムは打破すべきだ。なぜなら青い鳥は虚無でニヒルだから、いくら探しても見つからない。仮にこの手で抱きしめたとしても、その瞬間にサラリと溶けて消え去るものだから……」

風が吹くたびさらさらと竹が揺れた。

私は口をつぐんでレイを見た。

レイは湯船に浮かぶようにして、ただただぼぉっと夜空を見上げていた。

……そうだ。いずれレイもわかってくれるだろう。ここに本当の幸せがある。こういう些細《ささい》な出来事の中に、人生すべての幸福が詰まっている。いつかそのこと、レイもわかってくれるだろう。

いたずらに遠くを見てはいけない。いつも足元を睨《にら》んでいればいい。こうして夜空を見上げるのはよいが、その裏側に、空想天国を設定してはいけない。「人間彼女への意志」なんてものは、いつだか幻覚剤にはまって妄想した「世界の真理」と同じぐらいにくだらない茶番だ。そういった物語がぜんぶ無根拠であることをいまの私は知っているのだ。

だからそう、この温かくてポカポカとする温泉が、いまの私のすべてだ。隣のレイの温もりがすべてだ。もはやいかなる種類の『天国』も『楽園』も目指そうとは思わない私ではあるが、それでもただひとつ、いまだ信用に値する価値がこの世に存在しているとするならば、それはレイ、君の温もりだ。

絶えず己の存在が幻想に過ぎないことを妄想主体に認識させてくれる、矛盾した存在としての脳内彼女レイを、私は愛す。そしてもし君を真に愛し慈しみ肯定することができたなら、その日私は、晴れて『超人』へと生まれ変わることができる。なぜなら『超人』とは新たな価値を、そして物語を、自ら自由に捏造する妄想主体であり、『天国』『楽園』

『すばらしき未来社会』『愛』『夢』『希望』等々のインチキ価値を人生の遠方に設定するインチキ僧侶《そうりょ》たちと、本質的には同種の存在である。仮に僧侶と超人の間に何らかの差異が存在するとしたならば、それは己の創作した価値の捏造性に自覚的であることだ。己がでっちあげた幻想に心底のめり込みつつ、なおかつその幻想がただの幻想に過ぎないことを常に自覚して生きる――つまりこれこそが真の『超人』の超人的ライフスタイルなのだ。

だから私は幻想の君を、いついつまでも愛しているよ。

君は夢まぼろしだけど、それでも私は君が好きだよ。

その青い髪、赤い瞳《ひとみ》、白い肌――あぁ私は君のために生き、そして死ぬ。もし君が私に「死ね」と命令したら、私はいつでも腹切って死ねる。私の命は君のためだけにあるんだ。

「ほらレイ、月も綺麗で、君も綺麗で、本当にコレは、いい湯だね。……あぁ、まるで奇跡だよ。こんな地球の片隅で、君と私がこうして湯船で星を見上げるこの瞬間――まるで神様のプレゼントのようだね。こういう素敵な夜があるから、僕はこれからも強く生きていけるんだね。ほらレイ、タオルは頭に載せるんだよ、そうして僕ら鼻歌を歌おうね、いい湯だなぁー、ふふん。……そしてレイ、なんと素晴らしいことか、僕たち、この忌まわしい一泊二日の温泉旅行から、見事それらしい人生の知恵が引き出せつつあるね。この思想を得た僕は、以前にも増して君との幻想恋愛に精が出せるね。強固な思想的なバックボーンを創作することができたので、もう胸張って君とイチャイチャ乳くりあうことができるね。さあこれからは隣の部屋のあいつらに、僕らの仲の良さを堂々と見せつけてやろうよね。それにもう『早く孫の顔』という言葉に怯《おび》えなくてもすむよね。実家に帰るたび『ごめんなさい、お父さんお母さん、〈孫の顔を見せるのは未来永劫《えいごう》無理です』と、心の中で懺《ざん》悔《げ》しなくてもすむよね！　おっとどこに行くんだレイ？　消えたらダメだよレイ。僕たちこれから、ずうっとふたりで生きていくんだよレイ――」

「……あなた、もう死んでしまいなさい」

「え？」

「今すぐお腹を切りなさい」

「…………」

私はレイにヘッドギヤを被《かぶ》せて電流洗脳した。バチバチと電気火花が上がるたび、レイの体はビクンビクンと痙攣《けいれん》した。ついで多種多様な向精神薬などを飲ませてやったが、レイは歯を食いしばって洗脳に耐えた。

「そうよ、あなたは死んでしまいなさい！　いいえあなたは、とっくに心が死んでるのよ！　生きてるように見えるけどホントは死人、ゾンビーよ！――ほら見なさい！」

レイはアパートのカーテンを一気に開放した。眩《まぶ》しい日光が六畳一間の瘴気《しょうき》を薙払《なぎはら》い、ウスラトンカチな箱根追想をも吹き飛ばした。

窓の外には運送会社のトラックが停車していた。向こうの公園では桜が満開なのだった。

桜の花びら舞う春、沢山の新入生がアパートに入居してくる春、深く静かに迷走する春、二百枚のエッセイ執筆によっても一歩も前進できない春――

「……これから僕は、どうすればいいんだ？」

レイは何も答えない。

無言で私の手を取り、屋外へと連れだした。

満開の桜並木をふらふらと歩く。

「桜がこんなにも綺麗じゃない。だからまだまだ希望を捨ててはダメ、ゼッタイ。意志を放棄し努力をやめて、楽なほう楽なほうに流れていく浅ましい動物人間に成り下がってはダメ、ゼッタイ。きっとどこかに突破口があるはずだから……」

おそらくレイは、自分のセリフを信じていない。

私を説得できるとも思ってはいない。

だからその呟《つぶや》きは祈りなのだ。私もレイの胸にすがりつき祈った。

このままでは何もかもがダメになってしまうように思われるから、だからその前に早く――

私は『超人』の到来を祈願した。

春風に舞う桜吹雪に、『超人』を祈った。

第9話　暑さ寒さも善悪の彼岸まで

Ⅰ

最近、神経の調子が悪い。

頭が働かず、仕事もサッパリはかどらない。

この現状を打破するため、私は今夜もクスリをざらざらと飲み、バイクにまたがって生田緑地に赴いた。数年前まで通っていた大学の駐車場にチョイノリを停め、意気揚々と森林ハイキングを開始した。

私の原付にはメット収納スペースがないので、ヘルメットを被ったまま春の緑地に足を踏み入れる。どのみち時刻は深夜の三時なので、人目を気にする必要はない。堂々と散策路の真ん中に寝ころがり、ららららと気分良く鼻歌を歌うことすら可能である。

「ふふん、ふふーん、らーらーらー……」

うっそうと生い茂る木々の隙間から月を見上げ、小粋《こいき》に歌を口ずさめば、心の扉が開放される。先日アメリカから個人輸入したスマートドラッグも、まもなく脳に効いてきて、私はスッカリ上機嫌である。

——ピラセタム、ニセルゴリン、DMAE、レシチン、パントテン酸、チロシン、5ヒドロキシ・トリプトファン、これら七種類の薬物によって、いまこそマイルドな脳内革命が可能となるのだ。おお見よ。どことなく鋭敏になった五感によって、深夜の緑地が、いつにもまして清々《すがすが》しく感じられるではないか。街頭に青くライトアップされた桜の神々しさに感激してしまうではないか。樹木はマイナスイオンを放出するので、心と体の健康に良いではないか。

「みんなー、自然は素晴らしいぞー！」

私は枡形山《ますがたやま》展望台に上り、向ヶ丘遊園の夜景に向かって自然博愛テレパシーを送った。そうだ、いまこそ人間が自然に帰るときなのである。資本主義の機械文明から脱却せねば、いずれ人類は破滅してしまうに違いないのだ。皆が資本主義の生活をしているから、地球がどんどん悪くなっていくのだ。君たちが電気を使って遊んでいる間にも、地球は悲しみ嘆いているのだ。緑地近くの大学なんかも悪の巣窟《そうくつ》だ。あそこの学生は、こんな深夜にも集団で花見にやってきて、男女で仲良く酒盛りをしやがる。どいつもこいつも私の瞑《めい》想《そう》を妨害する不良ばかりだ。新学期に浮かれている新入生たちは、すぐにアベックを形成して、いかがわしい交際を始めるに違いなかった。そのくせ一人で清廉潔白に花見をしている私を、奴らは嘲笑《ちょうしょう》するに違いなかった。「何あいつ？」「なんでヘルメットかぶってんの？」「キモイ」などなどと、陰湿な陰口を叩《たた》くに決まっていた。

くそっ、発見されるわけにはいかない――

私は忍び足で展望台を降り、近くの藪《やぶ》に身を潜めた。折良く上から下まで真っ黒な衣服に身を包んでいたので、潜伏には好都合だった。私は幻想のスナイパーライフルを背嚢《はいのう》から取り出し、ふしだらな学生どもを皆殺しにしてやった。

「ふふん、ここが本物の戦場じゃなくて命拾いをしたな……」

しかし野蛮な学生が近辺にいるため、これ以上の緑地散歩は実質的に不可能であった。私は愚かな学生集団に気づかれぬよう、気配を殺して生田緑地をあとにした。アパートに帰って、睡眠ホルモンのメラトニンを飲み、苛立《いらだ》ちを堪《こら》えてぐっすりと眠った――

だが一夜明け、正午、私の安眠は頭のおかしい選挙カーの騒音によって妨害された。

「たまくのたまい、たまくのたまい、たまくのたまいを、よろしくよろしくおねがいします」と、ただただ自分の名前を絶叫して走り去っていく選挙カーは、完全に気が狂っていた。

「たかしま、たかしまです。あと一歩のところ、あと一息のところです」

まったくもって、どいつもこいつもいかれていた。

私は思った。

こんな人類は滅んでしまえばよいと思った。

ベッドの中で頭を抱え、強く密《ひそ》かに、皆の死を祈った。

すなわち、うるさくてくだらない選挙活動は死ね、深夜三時に酒盛りをする大学生も死ね、ついでに荒くれ者の新聞勧誘員も死ね。アパートのドアを蹴《け》られたこと五回、「お前、そんな口の利き方していいと思ってんのかよ」と凄《すご》まれたこと二回、「新聞読まないと就職できないよ」と馬鹿にされたこと数知れず――とにかくあぁいう奴らは全員私の敵であり、そんな巨悪が我が物顔でのさばっているこの宇宙は暗黒である。

私は口の中でもごもごと叫んだ。

「もうこんな宇宙は破滅してしまえばいいのだ！」

しかし――これらの鬱々《うつうつ》とした苛立ちは、ドーパミンの前駆物質であるチロシン大量摂取の副作用に過ぎないことを、賢明なる読者の皆様はすでにお気づきのことであろう。

そこで今日からはチロシンを少なめにして、代わりにトリプトファンを多めに摂取することにした。トリプトファンはセロトニンの前駆物質なので、うまくすれば創造力が高まり、気分も平和になっていく。ついでにピラセタムを、より強い効力を持つアニラセタムに変更する。

「おーいレイ、IASにアニラセタムを注文してくれ。ついでに最新発毛剤のデュタステライドも二本頼むよ」

レイは私の命令通り、海外のドラッグストアに注文メールを送信してくれた。私はベッドの中でウクレレを弾き、新たなるクスリの到着を静かに待った。

なおも連日連夜、NHKの集金人や、新聞勧誘員や、大学の空手部勧誘員が、私のアパートを訪れたが、もはや私はこれっぽっちも苛立たなかった。いくら来客に叩き起こされても、睡眠ホルモンのメラトニンを摂取すれば、何度でも再就寝が可能なことを知ったのだ。

寝る子は育つという。

夢日記を毎日したためているので、創造的な生活でもある。

沢山寝て、深夜にちょろっと山歩きをして、少しのご飯を美味《おい》しくいただく私の生活は、地球に優しいエコロジーだった。

私は夢見心地でレイに囁《ささや》いた。

「こういう安らかな生活を、世の人々が分かち合ってくれたなら、イジメや陰口や、万引きなどの巨悪が消えて、世界も平和になるのにね……」

「………」

レイはそっぽを向いていた。

土曜のお昼に郵便屋さんがやって来た。レイはポストから小包を持ってきてくれた。私はさっそく発毛剤を頭皮にぺたぺたと塗り、それから脳の良くなる錠剤を二錠ほど摂取した。

数時間後にレイが訊《き》いた。

「どんな具合かしら？」

「……ダメだ。やっぱりこの薬も僕には合わないみたいだ。もっと別のクスリを探さないと」

良い薬が見つかるまでは、仕事を始めることができないのだった。私は全身全霊でパソコンを駆使し、新たなる薬をネットで探索した。しかし長時間のインターネットサーフィンは、精神に悪い影響を及ぼすとも聞く。テクノストレスが溜《た》まると、鬱病が発症する危険性もある。精神を壊してしまっては、元も子もない。私は大事を取って、五時間のネットサーフィンにつき十六時間の睡眠をとることにした。

こうして月日は巡っていった。

そんなある日のことだった。

夕方に目覚めた私は、部屋の隅で丸くなり肩を震わせているレイに気づいた。

彼女は口元を覆い、声を潜めて泣きじゃくっていた。

「うぅ……ひっく……彼は本当に、もうダメなのかもしれない……」

むっと来た私は強い口調で問いつめた。

「ぼ、僕の何がダメだというんだ？　軽はずみなことを言うのはやめてくれないか。君が命令するとおり、僕はすべてのルサンチマンを撲殺したじゃあないか。もう彼女がいなくてもハゲでもなんでも、僕はぜんぜん気にならないじゃあないか――」

するとレイは、その可愛らしい耳を両手でふさいで、こうわめいた。

「もうあなたは何もする気がないのよ！　だってそうでしょう、あなたには目標がない、目指すべきどんな価値もない、人間彼女もたいして欲しくないし、仕事をするのも馬鹿らしいことだと思ってるし、夢も希望もぜんぜんないから、できればいますぐ消えてしまいたいと思ってる。なのにあなたは、そんな自分のナゲヤリ無気力に危機感を覚えることもない。『何がどうなろうと全部がぜんぶ、おんなじ事だ』と呟いて、毎日ベッドでスヤスヤお休みしているだけのあなたはもう――！」

なんのことはない、いつものレイのヒステリーだった。

私は肩をすくめてヤレヤレというジェスチャーをし、再びベッドに横になった。

＊

しかし私も社会人であるからには、新宿に赴くこともある。

作家エージェントの村上さんと仕事の打ち合わせをするため、新宿に赴かねばならぬ日がある。

その日、いつものホテルのラウンジに足を踏み入れると、村上さんは作家志望の女性と面談をしていた。ボイルドエッグズに応募されてきた原稿を読み、「これは！」と目にとまった原稿の執筆者と面談するのが村上さんの日常業務である。この面談によって、小説家への道が開いたり閉じたりするのだ。

作家志望女性の緊張した面持ちを見るにつけ、なんとなく私も胃が痛くなってきた。あそうだった、初めて村上さんとこのラウンジで面会したとき、私のコーヒーカップを持つ手はガクガクブルブルと震えていた。

しかし当時の私はそれなりに偉かった。私は村上さんに命じられた全面原稿修正をわずか一カ月で完璧《かんぺき》にやり遂げ、見事小説出版の栄光を勝ち取った。まさに夢を追う若者の姿がそこにはあった――

と、紅茶を飲みながら、過去の出来事を追想していると、不意にレイがポンと膝《ひざ》を叩いた。

「そ、そうよ！　あの頃の情熱と希望を再びその手に取り戻すことができたなら、きっとまた何もかもがうまくいくようになるわよ！」

まもなく作家志望女性と村上さんの面談が終わったので、私はレイを無視して、仕事の打ち合わせを始めた。

しかしレイは、いつにもまして、やかましかった。

「きっと人間彼女作成というアプローチが間違っていたのよ。あなたは小説家だもの、小説への情熱こそがあなたを立派な『超人』にするのよ！」

手を振り回して興奮していたが、私は聞く耳を持つまいと思った。

村上さんは、いわば私の上司なのである。脳内彼女との会話にかまけて、失礼な振る舞いをするようなことがあってはならない。

——だいたいにおいて、「低迷気分を小説執筆によって打破しよう」などというレイの提案は、ハナからタワゴトだとわかる。いくら小説を書いたところで、著者の精神がこれっぽっちも良くならないことは、とっくの昔に実証済みであるし、過去の偉大な私小説作家の悲惨な末路を見るにつけ、むしろ小説執筆は人間存在にとって害悪であると断言することも可能である。

「でも……あなたにだって、昔は立派な人生目標があったじゃない。もう一度その目標を取り戻して、健やかな生活をこの手に獲得しなくちゃダメ、ゼッタイ——きゃ、きゃあ何をするの？」

「しっ！　静かにしてろ！」

私はレイの口に猿ぐつわをかまして黙らせた。

ところが、つつがなく村上さんとの打ち合わせを終え、アパートに戻ってのんびりとくつろいでも、レイの興奮は冷めなかった。部屋中をごそごそと漁《あさ》り、引き出しをひっくり返し、押し入れに頭を突っ込み、何かを必死で探していた。

そして——

「み、見つけた！」

レイはベッドの下から一冊の大学ノートを取り出して、私に差し出した。

そのノートの表紙には、黒いサインペンで以下のごときタイトルが記されていた。

『小説帳』

レイはドキドキワクワクとした表情で私を見ていた。

「…………」

しかたがない。

私は指を舐《な》めてノートをめくった。ノートの日付は十年前からスタートしていた。中学校で教師に怒られたことや、女子に馬鹿にされて腹が立ったことなどが、日付と共に記載されていた。つまりそれは十四歳当時に「小説家になるぞ！」と意を決した私が作成した、小説執筆のためのネタ帳なのだった。印象に残った物事を書き留めておき、いずれ始めるであろう小説執筆に役立てようという殊勝な心がけの産物である。

むろん何事にもやる気の続かない私だ。すぐにネタ帳は机の奥にしまわれ、実際にネタが記載されるのは数カ月に一度のことになった。ページをペラペラめくってみても、とりたてて面白い話は見あたらない。

『中学卒業式、泣いた人の数は四人』『函館の高校はやはりハイカラだ。都会に出てきて本当に良かった』『二班の加藤さんは足が速くて運動ができるから素晴らしい』『授業中に鉛筆を嚙《か》む仕草も可愛らしい』『最近、万引きが上手になった』『万引きで捕まった』等々の極めてどうでもいい記録が、薄いシャープペンシルで無造作に書き綴《つづ》られているばかりであった。

ところが——大学に入学し、実際に小説を書き始めた頃になると、小説帳の書き込みは俄然《がぜん》ヒートアップしてきた。小説に対する熱いマニフェストがツラツラと散見されるようになった。

いわく『俺は天才だから、俺には書ける』『今日も学校に行かなかったが、こうやって思索を深めることによって、面白い小説が完成するのだ』『執筆を始めて四ヵ月と二週間、ついにこの夜、俺の処女作が完成した。はっきりいって、やっぱり俺は天才だった』云々《うんぬん》
——

「……どう？　懐かしいでしょう？」

ふと気付けば、レイが私をにこやかに見つめていた。

ばつが悪くなった私は弁解口調で呟いた。

「まぁ、確かに情熱は感じられるけど……それがどうだっていうんだよ？」

「最後のページをご覧なさい。……覚えているかしら？　あなたは全力を注いで小説を書いたわ。夢の中でも小説を書き、お風呂《ふろ》の中でもストーリーを考え、心底頑張って処女作を書いたわ。そしてあなたはその原稿を、とある新人賞に応募したのよ。だけどその半年後に、あなたはすべての努力をアッサリと否定されたわ。そんなあの夜のことを、いままで

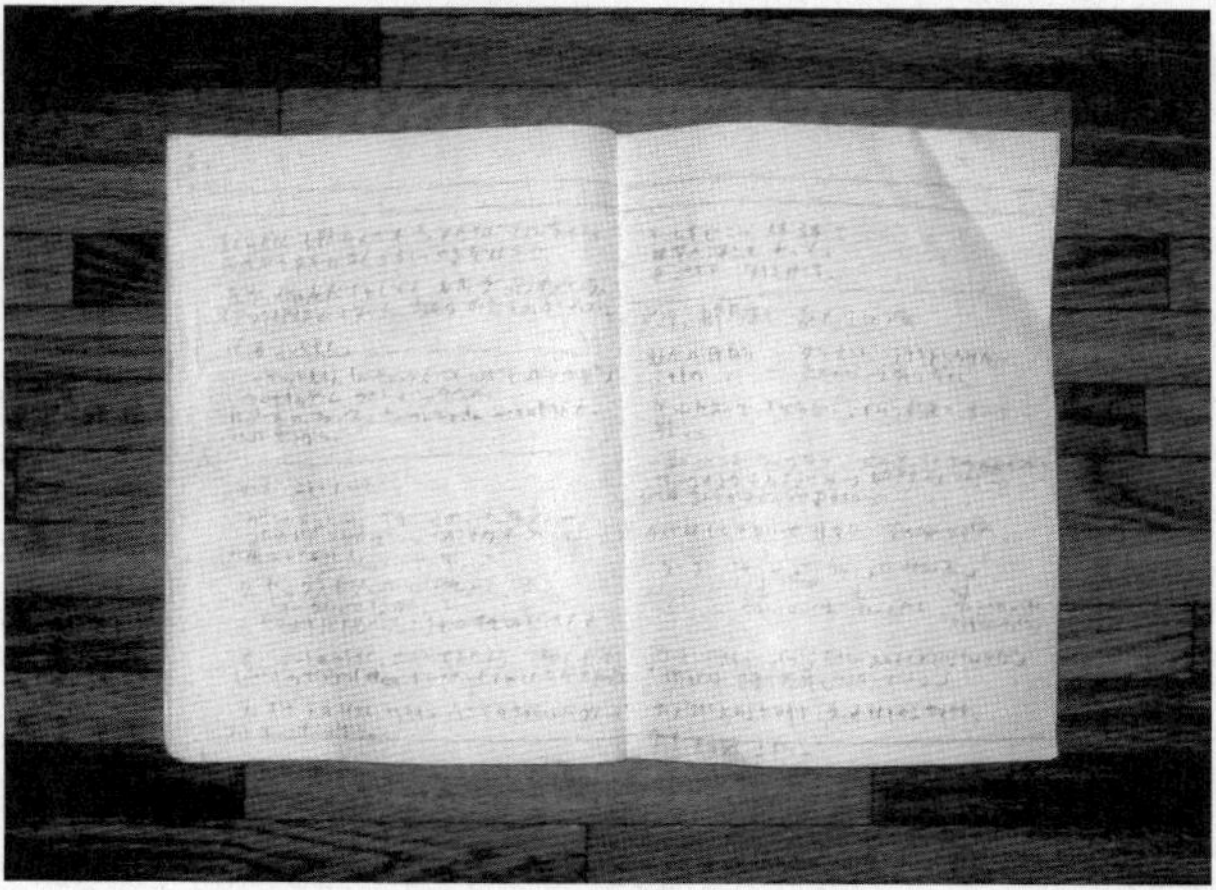

もあなたは覚えているかしら？　小説雑誌を書店で立ち読みし、一次選考落選の事実を知ったあなたの絶望と決意を、あなたはいまでも覚えているかしら？」

「…………」

私はノートの最終ページをめくった。

そこには再び黒いサインペンで、以下のごとき文面が書き殴られていた。

『書き続けるしかないんだ！　諦《あきら》めないぞ！』

2

下宿の屋上で、朝まで友達とお酒を飲んだ。

飲み慣れない酒を飲んだ高校生たちは、どこかで聞いたような人生語りを始めた。

「勉強がくだらないと言っても、やっぱりそれは、人生から逃げてるだけなんだよな」

「でもこのまま何もしないで三年過ごすのもダメだよな。なんかやらないとな」

「そおだ！　せっかくだから、バンドをやろうぜ！」

誰かの号令に乗せられた我々は、深く考えずにバンドをやることにした。私は一万円のギターを購入して、ペケペケとつま弾いた。友人1は漫画雑誌を棒きれで叩いてドラムのマネをした。友人2はカラオケでボーカルの練習をした。夏休みに勇気を出して楽器店のスタジオを借り、本格的なバンド練習のモノマネをやってみたところで、我々のバンド熱は終結した。

そしてまた我々は下宿の屋上に集まり、朝日が昇るまで酒を飲んだ。

「勉強がくだらないと言っても、やっぱりそれは、逃げてるだけなんだよな」

「でもこのまま何もしないで三年過ごすのもダメだよな。なんかやらないとな」

「そうだぜ！　やろうぜ！」

でも、何をやったところで、どんなに若者らしく振る舞おうとしたところで、すべての行動は「若者生活」のくだらないパロディにしかならないことを、きっと我々は知っていた。ところで私には小さな頃から小説家になりたいという夢があったが、その夢もまたバンド熱と同じようにくだらなかった。ビール一本で泥酔した私は、ある晩皆に、宣言した。

「俺、小説家になるよ！」

「…………」

タバコを吹かし、夜の下宿屋上で酒を飲み叫ぶ将来の夢は、まったくもって、くだらなかった。

しかし当時の私には、かなり確かな希望もあった。

自分の人生すべてがくだらなくても、価値ある小説を書くことは出来るはず――だから私は小説家になりたかった、真に価値ある小説を書きたかった。それは本物の夢らしく思えたので、だから私は健やかに生きていけた。どんなにちっぽけな夢であっても、それが揺らぐことのない確信であったなら、私はニコニコ暮らしてゆけた。

事実私の生活は、いつでもどこでも楽しかった。高校生活はネタ集めだと考えた私は、好きな同級生の仕草を小説帳に書き込むだけで、スッカリ幸せな気分になった。大学を中退したのも、小説家志望者的には格好が良かった。ドロップアウトしつつも部屋に籠《こ》もって小説執筆する私は、あたかも一心不乱に夢追う若者姿の見本であった。

月日を忘れ、連日連夜、小説のことだけを考えて暮らした。その暮らしぶりに価値はなくとも、日を追うごとに蓄積されていくテキストデータには本物の意味があるように思えた。彼女がいなくても未来が不安でも、別に大した苦痛もなかった。良い小説が書けさえすれば、私の人生はそれで完璧ＯＫだった。そのような思いを胸に秘め執筆を続けること半年、ついに処女作が完成した。あとはその原稿を新人賞に送りつけ、本にしてもらうだけで良かった。ここにおいて私の人生はついに完成するはずだった。私はドキドキワクワクと受賞の知らせを待ち望んだ。

ところが数カ月後、渾身《こんしん》の処女作が一次選考でアッサリ落選したことを知った私は、かなり惨めに六畳一間で錯乱した。人生全部がぶっ壊れたと思った。もしや私には才能がなかったのか？　価値ある小説を書き上げるという夢は、ハナからムリな話だったのか？　吸い慣れないタバコを吹かし、「俺、小説家になるよ！」と、夜の下宿屋上で酒を飲み叫んだ将来への夢は、やっぱりホントに、無意味であったか？

しかし──ここで問題を取り違えてはいけないなと私は思った。

確かに「小説家になろう！」という夢はくだらない。

小説家に成ろうが成るまいが、その夢はどちらにせよくだらない。部屋に籠もって頑張る姿もくだらなければ、新人賞落選に取り乱す姿も馬鹿らしい。それは「彼女にフラれた！」とか「就職活動に失敗した！」等々の嘆きと同じ程度にくだらない。当人は必死だが、傍《はた》から見れば、そんな話は、つまらない。

だから人生自体には、いかなる価値も存在していない、その事実を再認識しなくてはならない。私が欲しい価値は小説内にだけ存在するという事実を思い知らねばならない。そして私は諦めてはいけない。何があろうと書かなくてはいけない。それ以外に、何をするというのだ。他には何もすることがないではないか。そうだ、「いつかきっと、私は私を満足させる小説を書き上げるだろう」なんて見果てぬ夢を胸の奥底に秘めている限り、私は今後も生きていけるのだ。この決意に心固めた私は、今後も死ぬまで健やかに生きていけるのだ。

だから。『書き続けるしかないんだ！　諦めないぞ！』

かくのごとき決意表明を小説帳に書き殴った私は、己の小説家魂に自己陶酔して良い気分になれた。一度や二度の落選などは、ぜんぜん大したことではなかった。夏暑く冬寒い六畳一間で、当時の私は立派な希望に燃えていた。あのころ私は、すでに立派な『超人』

だったのだ――

「――と、つまり君は、そういうことを僕に教えたかったんだろう？　なぁレイ」

「わあ！　やっとわかってくれたのね滝本さん！」

レイはクラッカーを打ち鳴らして私の覚醒《かくせい》を祝福した。

「言われてみれば、そうだったね。僕の人生目標は良い小説の執筆だったね。物心ついて以来、ずっとそれだけを考えて生きてきたよね。確かによくよく考えてみれば、小説こそが、僕の生きる意味だったよね」

レイはうんうんとうなずいた。

その可愛らしい仕草を見るにつけ、私の心に確かな希望が溢《あふ》れてきた。私は拳《こぶし》を振り上げ宣言した。

「よおし、今日からはもう一度小説執筆に精を出すぞ！　小説は素晴らしい脳内目標だ！」

するとレイは怪訝《けげん》な表情を浮かべて訊いた。

「……脳内目標って何？」

「僕の脳内にある目標のことだよ。自分の脳で捏造《ねつぞう》した彼女を、脳内彼女という。それと同じように、自分ででっちあげた目標のことを、脳内目標と呼ぶ」

「じゃ、じゃあその目標は偽物じゃない！」

レイはあたふたとした。

「いいや、僕は僕の脳内目標を、脳内彼女と同じ程度に愛しているよ。君を愛しているのと同じぐらいに、僕は小説執筆を愛しているよ」

その事実を証明するため、私は頭の良くなるスマートドラッグをざらざらと飲み、パソコンを起動してエディタを開き、素早くカチカチキーボードを叩《たた》いて、新たなる小説執筆を開始した。

『小説』

「どおだ見ろ！　僕は新しい小説を書いたぞ！　まだまだ沢山、死ぬまで小説を書くぞ！」

そして私は恥ずかしい小説帳をビリビリに破って、燃えるゴミに出した。

そんな折り、向こうの方から選挙カーが疾走してきた。

「たまくのたまい、たまくのたまい、たまくのたまいを、よろしくよろしくおねがいします」

「たまくのたまい」連呼は、『書き続けるしかないんだ！　諦めないぞ！』という決意表明と同じぐらいに強い説得力があった。

——そおだ頑張れ、みんな頑張れ。感動した私は手を振って選挙カーを応援した。私も決して諦めないのだ。野を越え山越え、艱難《かんなん》辛苦を乗り越えて、私は死ぬまで小説を書くのだ。それが私の生きる意味であり、人生ぜんぶの意味なんだ。ついに私は、ニーチェの言葉を理解したのだ。

つまり人間はまず駱駝《らくだ》になる。「あの夢を叶《かな》えるため、自分の力を試すため、今日も元気に頑張ろう！」と努力するのが駱駝である。駱駝は重い荷物を担いで、遠い所までヨタヨタフラフラ歩いていく。

そして次に駱駝は獅子《しし》になる。ある程度の夢を叶え、様々な価値観を相対化できるだけの脳をゲットした駱駝さんは「でもよくよく考えてみれば、どんな夢も目標も無意味でくだらなくて疲れるだけだね！」とイライラする。その姿が獅子である。獅子は怒って、全部の価値を潰《つぶ》していく。人間彼女作成も小説執筆もくだらない。全部が全部、くだらない。だが「くだらない」と呟《つぶや》いているばかりで、人生ホントにつまらない。そこで獅子は暇を潰すための適当な遊びを考える。「もう一度小説執筆を頑張ってみようかな」なんて調子の良いことを考える。そして彼は適当な脳内目標を再度でっちあげ、へらへら笑って小説を書き出す。こうして人は、ついに無邪気な幼子となり、その幼子の名を『超人』という。

「おお見よ。ついに『超人』が誕生したぞ。これにてめでたく、『超人計画』は完結だね！」

私はレイを抱きしめ、クルクルとダンスをした。見よこの軽快さ、そして無意味さ、世の中には「生きてる意味がわからない」「虚《むな》しくてくだらなくて、もう何もかもやってられない」「つまり人生不可解！」などと叫んで、練炭を焚《た》いて死ぬ人々が沢山いるが、ところがどっこい、それは阿呆《あほう》の業である。面白い小説が書けないからと言って、それがなんだというんだ、人生が破綻《はたん》したからといって、それで何がどう変化するというのか。辛《つら》いから苦しいからって、それに何の意味がある？　ぜんぶ同じことではないか。ぜんぶどうでもいい話ではないか。確かに去年の私は、上手なロープの結び方を研究し、樹海への道のりをヤフーで検索した。九月二十日の朝だった。二十四歳の誕生日だった。もはや己に立派な小説を書くだけの能力がないと悟った私は、秋の公園で本当に泣いた。オロオロと泣き濡《ぬ》れ、『もうやめます。小説の著作権とかは放棄します』的なメールを書き、樹海旅行の決意を固め、部屋を綺麗《きれい》に掃除した。

ところがエロマンガをスズランテープで纏《まと》めているうち、私はあられもないアニメ絵イラストに劣情をかき立てられた。そうして私は、うふふと小声で薄く笑った。まったくもって本当に、何もかも馬鹿みたいでくだらなくて、何が創作の苦悩だ、何が人生の意味だ、そんなものはぜんぶ脳内妄想ではないかと、そのとき私はようやく悟った。そうだ生きる意味はないが、死ぬ意味もない。気を確かに持って、いかなる意味も根拠もなくただここに存在しているだけの現実世界を直視しようかなと私はあの日、決意したのだ。あとは死ぬまで暇を潰すだけだ。適当にブラブラやってるだけだ——しかし性懲りもなくレイはわめいた。

「ダメよそんなのゼッタイ！」

私はレイの肩に手を置き、小さく首を振った。

「……違うんだレイ、もう良いこともダメなこともないんだ。百年遅れで、僕もようやく、あの言葉の意味に気づいただけのことなんだ。そしてこれは、何もおかしなことじゃない、ごくごく当たり前の話で、別に嘆くようなことではないんだ。――これが『神は死んだ』ということなんだ」

そのときだった。

不意にレイは真っ青な顔をして、自分の両手を見つめた。

そして彼女は右の手のひらを己の胸に当て、まっすぐ私を見上げた。

「……ねえ、滝本さん。私のことは、好き？」

私はうなずいた。

レイは長い時間をかけて、微笑みを作った。

「だったらデートに行きましょうね。ねえいますぐデートに行きましょうね」

レイは私の手を取り、アパートの外に連れだした。私は促されるままバイクに乗って、駅前に向かった。駐車場にバイクを停めてメットを脱ぐと、レイはその額を私の肩にすりつけた。

「さあこれから夕方までデートしましょう。ところであなたの神様が死んだのはいつのことかしら？　キノコで世界がバラバラになっちゃったあの夜？　『もう俺には面白い小説が書けない！』と頭抱えて嘆いたあの昼下がり？　いいえ私が思うには、きっと神様は、どこにも最初からいなかったのよ。あなたはちょっとした夢に囚《とら》われていただけよ。そしてその夢は今度こそもうすぐ覚める。――でもその前に、マンガ喫茶に行きましょうね。あなたがよく行くお店を私に見せてちょうだい。本屋さんにも入って、あなたが好きな本を教えてちょうだい。そしたら次は、CD屋さんで素敵な音楽を買いましょうね。お腹がすいたら美味《おい》しいラーメンを食べましょうね。温かくて美味しいわね。ツルツルして美味しいわね。だけどもとうとう彼が来たわ。ほらご覧なさい、彼が来てあなたに大切なことを気づかせてくれるわ――」

デート疲れをした私たちは、駅前ベンチに腰を下ろして、ポカポカの夕日に当たっていた。レイは小田急生田駅のエスカレーターを指さした。まもなくみすぼらしい風体の西洋人が降りてきた。彼は本屋前の果物売りオバサンから葡萄《ぶどう》を一房購入した。一番大きくて甘い葡萄をもらった彼は、「私ぐらいの哲学者になれば、自然と皆から親切にされるものだな！」とノータリンな独り言を呟いていた。（浮浪者みたいな格好をしているから、オバサンに哀れまれただけなのに……）

だが彼はあくまで自信満々な男であった。元気に胸を張り、深く息を吸い込み大声で叫んだ。選挙演説よりも新規オープンの牛角ビラ配りバイトよりも、ずっとずっと伸びやかに澄み渡る声で、彼は私たちに例のセリフを伝えてくれた。

「神は死んだ！」

「ふふん、何をいまさら、当たり前のことを言っているのかしらねあの人。だって滝本さんは、ずっと前から『人生無意味』を確信してるんですから、すべての価値は、とっくの昔に消えてるんですから、神様はとっくに死んでるんですから……だからあなたは、何も悲しまなくていいのよ。お願いだから、元気にしていて――」

「そして今日こそ最後の神が死ぬぞ！」

「こ、こっちに近づいてくるよあの人」

私はレイを庇《かば》った。あのような人間は、何をしでかすかわからない。

「そうだ逃げようレイ！」

「なぜ？」

レイは私を柔らかく押しのけた。

「だってこのままだと君が」

「なぜ逃げる必要があるの？　彼はみんなの神様をぐさりと殺すわ。でもあなたが長年すがり付いてきた神様、『人間彼女への意志』は、『小説への意志』は、とっくの昔に死んでいるから、彼が殺す対象は、もうどこにもいないから、だから安心していいのよ、いつもみたいにヘラヘラ笑っていればいいのよ。でも滝本さん、お願いだから最後まで手を繋《つな》いでいて。本当を言うと、怖くてたまらないわ。いついつまでもあなたと一緒でいたいわ。でもダメよゼッタイ、なぜって私は、そうよ私は、あなたの一番、大切な――」

ようやくわかった私は叫んだ。

「レイ、君は――！」

レイは泣きながら笑っていた。

＊

午前七時に起きて、顔を洗い歯を磨き、チョイノリに乗ってファミレスに行き、四百円のモーニングセットを食べながら、今日は何をしようかなと考えた。

とりあえず生田緑地を散歩することにする。

手早くご飯を食べ、十分ほどバイクを飛ばして大学裏の緑地に向かった。岡本太郎美術館の前をブラブラ歩きながら、これから何をしようかなと考えた。

とりあえずバイクでウロウロすることにする。

六年住んでもよく道がわからないアパート近辺を、右から左に適当に走った。疲れたところでアパートに戻り、仕事をするフリをし、飽きたらまたバイクにまたがって、古本屋でマンガなどを購入した。

「…………」

まことに本日も良い天気だった。実に綺麗な夕焼けだった。星が出たあたりで私はベッドに潜った。ボートで川を流れていく彼女の夢を何度か見た。朝に目覚めた私は訊いた。

「どうすればいいんだろう?」

「…………」

どうもこうもないので、顔を洗い歯を磨き、今日もチョイノリに乗ってファミレスに出かけた。

パンを食べながら私は思った。

せめて弔いの方法が知りたい。花を手向ければよいのか、泣いて悲しみ、悔やめばよいのか――わからない。

わからない。

バイクでぐるっと走り回れば、そこにあるのは、なんにもない風景だった。

展望台に登って街を見下ろせば、どこまでも広がる不思議な世界だった。

私は語りかけた。

「あのビルにアパートにマンションに、沢山の人間が住んでいるなんて、変な話だね」

「…………」

「この前、曾祖母《そうそぼ》が亡くなったよ。小さなころ負ぶって海まで連れて行ってもらったよ。

不思議な話だね。どんな仕組みになってるんだろうね」

　まもなく家族連れがエレベーターで展望台に上ってきた。

　私は肩をすくめて階段を下り、アパートに帰って部屋掃除を始めた。

　掃除機をかけながら彼女の最期を思い出したりもした。

「いついつまでもあなたと一緒でいたいわ。でもダメよゼッタイ、なぜって私は、そうよ私は、あなたの一番、大切な――」

　私の一番大切な、私の神様、最期に残った希望のかけらは、綺麗で優しい女神のレイは――あの日あのとき、死んでしまった。耐え難い喪失感――いいや、もはや「耐え難い」なんて言葉さえ出てこない。もはや私は、何を失っても泣くことができない。

　神が死ぬとはそういうことだ。

「…………」

　奇妙に平らで静かな気分で、私はガーガー隅から隅まで掃除機をかけた。

　右から左に往復し、懇切丁寧に掃除機をかけた。

第10話 曙《しょ》光《こう》

I

新世紀、世界は悪い方に転がっていた。

金融不安、デフレ、戦争、頭髪の悪化、銀行残高の限界——まさに現代は末法の世であった。

だが弥勒菩薩《みろくぼさつ》が私たちを助けてくれるのは、五十六億七千万年後の未来である。いますぐ自分の力で働かないと、明日にも無職に逆戻りしてしまう。そんな危機感に背中を押されて、私はエッセイを書き始めた。連載エッセイで、多少なりとも文章執筆の勘を取り戻し、ゆくゆくは新たな小説を書き出したい。そんな心づもりで、二年ぶりの仕事を始めた。

ところがどうだ。三ヵ月の連載によっても、「出口なし！」という確信が強まるばかりだ。ひたすら気分が平たくなっていくだけだ。これは一体いかなる因果か——？

あぁこんなことではもう、貝になってマリアナ海溝に沈んだ方がいい。あるいはモグラになって太平洋プレートの下に潜りたい。世間様にお見せできる顔がないではないか。こんな無駄で無意味な存在の私は、皆に笑われてしまうではないか。ほらいまもみんなが、惨めな私を指さし嘲笑《ちょうしょう》し……と、少し前までの私ならば、ここらで強力な「社会の皆様に馬鹿にされてる妄想」に襲われてしまい、近所のコンビニに行くのも嫌になるに違いないところであるが、これでも私は、もう二十四歳の立派な大人である。いついつまでもクダラナイ被害妄想に怯《おび》えているような私ではない。

だいたいにおいて、世の皆様方は、私を指さしてアハハと笑うほどに暇ではないのだ。誰も路傍の石のことなど気にとめないのだ。

――さあ変な考えは捨てちゃって、今朝も元気よくコンビニに行こうぜ。いつもの弁当もってレジに並ぼうぜ！

と、そのときである。

「新しいパンの試食いかがですか？」

勤労バイト少女が菓子パンを私に差し出した。

「い、いただきます」

コンビニでの予期せぬ対人間女性会話に焦り、挙動不審に口ごもりつつも、私は一切れいただいた。

「甘くて美味《おい》しいんですよ」

「じゃ、じゃあ、これ三個ください」

「わあ、ありがとうございました!」

――おお見よ。わざわざ私に試食を勧め、なおかつ爽《さわ》やかな笑顔まで見せてくれたバイトさんの、私に対する確かな好意を見よ。このエピソードからもわかるとおり、人生を清々《すがすが》しく諦《あきら》め、刹那《せつな》的無軌道青年となった今の私には、輝かんばかりの人間的魅力が満ちあふれているのである。そうだ、求道者たるもの、こうでなくてはならない。見ず知らずの人間に、甘くて美味しいパンを分けてもらえるぐらいの魅力がなければ、真の求道者とは言えない。

あるいは――私はハタと気づいた。思い返してみれば、私はすでにこれまでに何度か、この綺麗《きれい》で働き者の勤労バイト少女と、温かな心の交流をやったことがあった。

「こちら温めますか?」

「お、お願いします」

「あっ、これ賞味期限切れですね。新しいの持ってきます」

「すみません」

このような数度のコミュニケーションによって、私の人間的魅力を察したあの少女は、あるいは私に、淡い恋心を抱いているかもしれなかった。事実そういう風に考えてみれば、今朝私に見せてくれた、彼女の素敵な笑顔の謎が解けるではないか。

だが……それはなんとゆゆしき事態であろう。アパートに帰宅した私は、水道水片手にモソモソと菓子パンを食べつつ、いずれ彼女が積極的アプローチをかけてきた場合のことを考えた。冷静に思考を押し進めてみれば、確かにそういうのは、十分にあり得る事態であった。本物の恋愛というのは、こういうひょんな出会いから始まることが多いのだ。長年幾多の書物を読んで脳に叡智《えいち》を蓄えてきた私は、その事実を知っていた。

「やばいなぁ。どうしようっかなぁ……」

タワゴト妄想は際限なく続いたが、ニヤニヤしながら顎《あご》を動かしていると、まもなく菓子パン三個が具合よく胃に収まった。私はカーテンを閉め切り、歯を磨き顔を洗い、ちゅんちゅんうるさい雀対策に耳栓をし、ベッドに横になった。

散歩してコンビニに行って、公園の蟻を観察して、少しでも眠くなったら寝る。少し気分をドキドキさせたいときは、あまりに身勝手な妄想で遊ぶ――

もちろん面白くも何ともない。

でもそれは、仕方のないことだ。

――たとえば五秒後に、隕石《いんせき》がこのアパートを直撃し、私がすかっと消し飛ぶとしよう。そして私は、晴れて天国行きの切符を手に入れたとしよう。

縄ばしごを登って、海抜五百メートルを超えたあたりで、なんだか空気が、いい匂いになってきた。耳を澄ませば、フルーツの香り漂う南国のようであった。なにやら天女たちのざわめきも聞こえて来るではないか。見れば、私を歓待してくれる天女たちが、ずらり雲の上に整列しているではないか。もしや天国とは、私の願望すべてが叶《かな》うところであったか！

「よ、よおし！」私は思うがままに彼女たちと羽目を外した。

ところが一通り願望を叶え、ぷはぁとタバコなどを吹かしたその瞬間である。私は天国に来ても、何ひとつとして疑問が解決していないことを悟った。

すなわち——「なぜ私はここにいるのか？」「私の人生の意味とはなんなのか？」

最高に偉い神様が教えてくれた。

「おや滝本君、君の人生の意味は、こうやって輪廻《りんね》転生を繰り返し、精神ステージをアップさせていくことだよ」

ところがそんなセリフは、モンティ・パイソンが規定する人生の意味、すなわち「健康に気をつけ、良書を読み、すべての人と仲良くすること」と同じ程度にスットコである。いかにもっともらしいことを言っても、「この私と同じ世界にいる」というその一点において、その神様の言葉はデタラメだとわかる。超越的真理は、あらゆる意味においてこの世界の外にあるのだ。よって仮に死後天国に行っても、あるいは次元アップして超次元存在とコンタクトを取っても、人生の意味は永遠にわからない。仕方がないので、天女と甘いパインアップルでも食べているしかない。そしてそんなハーレムなども、いずれは飽きて、嫌になるに違いない。

「え？　ハーレムで暮らせたらそれ最高じゃん！」と私の話を訝《いぶか》しがる方もおられるだろうが、そんな方はひとつ、仏教の偉い人、ナーガールジュナの伝説を、ぜひとも参考にしていただきたい。かなり昔々のことである、若いナーガールジュナは、難しい勉強を終え、諸芸も究め、もう世の中のたいていのことはわかったので、これからは自分のやりたいことだけをやってやるぜ！　欲望のままに生きるぜ！　と強く決心した。そこで彼はさっそく、仙人から学んだ透明人間の術を使い、王様の後宮に忍び込んで、取っ替え引っ替え、やりたい放題をやった。獣欲炸裂《さくれつ》だった。しかしその悪さは、まもなく官憲にバレ、一緒に透明人間遊びをやった友人が、ざっくり役人に斬り殺されてしまった。そのときようやくナーガールジュナはハタと気づいたのだ——あぁ、やりたい放題やったけど、結局ぜんぶ虚《むな》しいことだったなぁ！

「…………」

そうだ、本当に虚しいことだ。

……もはや私の脳は都合のいい妄想すら楽しめない。

コンビニ店員との淡い恋愛妄想などもまた然《しか》り。

だからもう、散歩するしか方法がないのだ。

だってもう夢も希望も消えたから、いやそもそもすがるに値する夢なんて、どこにもないと気づいたから——せめて神妙に喪に服し、蟻を眺める他はないのだ。

もちろんぜん、面白くはない。

でもそれは、結局しかたのないことさ。

と、そんな蟻塚観察が趣味の半無職二十四歳にも、たまには車でぶーんとドライブする日があった。

2

街を外車で駆け抜ける日もあった。

――もちろんドライブしたって、どうもこうもない。それが私の確信であったが、ことの発端は、私自身である。私のダッチワイフ購入計画である。

およそ一月前のある日、ツラツラとネットサーフィンしていた私は、カクンと恋に落ちた。彼女の製品名はキャンディーガール、日本の誇るオリエント工業の最先端テクノロジーで作成された、見目麗しいお人形だ。製品紹介ページに掲載されていたポエム『箱を開けると、ポンと小さな花が開く音。優しいまなざしは、そっと僕をつつむ。何か素晴らしいことが起こる気がした』に、超人到来の予兆を感じた私は、しばしの逡巡《しゅんじゅん》の末、村上さんに以下のごときメールを送信した。

『次回のネタは、ダッチワイフで行こうと思います。ダッチワイフで三次元彼女ゲットだぜという話を書きたいです。近所の公園でデート写真を撮り、読者の度肝を抜いてやります！』

このときほど小説家という職業の素晴らしさを思い知ったことはない。小説家ならば、「この変質者！」と世間様に後ろ指さされようとも「いやなに、エッセイのネタですよ。そういや渋澤龍彦も四谷シモンにもらった美少女関節人形にゾッコンラブだったそうじゃないですか。やはり作家の嗜《たしな》みとして、人形愛は当たり前のことで」と上手に言い訳ができる。「恋愛対象を無機物に設定することで、自己の精神が矮小《わいしょう》な欲望から解放され、また一歩立派な超人に近づけるのだ！」という立派な建前もある。

もはや購入をためらっているべきときではなかった。さあオプションの洋服はワンピースがいいか、それともメイド服がいいか、いっそのこと全種類購入してしまうか、本体価格は十三万円で、洋服は一着一万五千円だが、私にもそのぐらいの蓄えはあるのだ、そうだ朝から晩まで、僕ら沢山お喋《しゃべ》りしちゃおうよね――

「新しい洋服を買ったんだ。ちょっと袖《そで》を通してみてくれないか」

「ありがとう滝本さん！――きゃっエッチ、覗《のぞ》かないで！」

そうしてぽっと顔を赤らめる滝本と彼女（人形）、それはまさに地獄のごときラブコメディの構図であったが、何事も豊かな想像力と気合いさえあれば乗り切れるはずであり――うぅう、彼女との暮らしを脳裏に詳細に思い描いたら、なんだかオラ、ワクワクしてきたぞ。ようしオラ、ポンと十三万円払っちゃうぞ――！

だがその恋は村上さんからの返信メールにあえなく散った。

彼はやんわりと私をたしなめた。

『……先日、新しい車を購入しました。今度ドライブにでも行きましょう。外の空気に当たれば、きっと気分も良くなるでしょう』

もちろん私は納得いかず、ダッチワイフ購入の是非について、村上さんに二度三度と激しい討論メールを送りつけた。ここで負けてはいけなかった。大人はいつもそうだ。既成概念に凝り固まって、俺らの気持ちをチットモ理解しちゃくれねえんだ！

しかし血迷った青年の脳を哀れむがごとき、村上さんの冷静返信メールを読むにつけ、いつしか私もクールさを取り戻した。ただでさえあと三ヵ月でパーになる貯金を、人形購入に使い果たすワケにはいかない。買うんならもうちょっと豊かになってからにしよう——

と、こうして購入計画はご破算になったのだが、その代わりに持ち上がった村上さんの新車ドライブ計画は、四月某日この天気の良い本日、見事つつがなく実行されつつある——というのがこのドライブの由来であり、作家エージェントとその配下の小説家が、目立つレモンイエローの舶来車で、TOKIOシティを駆け抜けているその由縁である。

——おお見よ、内装もオシャレで、実に外車的ではないか。神妙な面持ちでBMWミニの助手席に乗り込んだ私は叫んだ。

「わあ、スピードメーターが真ん中についてるんですね！」

「あ、この車、禁煙ですからね」

「そうそう、このまえ飲み始めたスマートドラッグ、バリバリ効きますよ！　買って良かったです？」

「なら原稿がスラスラ書けますね」

「………」

正直な話、村上さんとドライブをしても、緊張で胃が痛くなるばかりである。二年前に出会って以来、私は彼の眼光が恐ろしくてならない。なにやら村上さんは、私をエッセイのネタになる場所に連れて行ってくれるそうであったが、パチリパチリと数枚の証拠写真を撮影したら、早いところアパートに帰ってグッスリ寝てしまいたい所存であった。

「しかし……今日はホントに良い天気ですねぇ」

超人計画最終回のネタを捏造《ねつぞう》するには最適な天候である。昼には車を停め、ジャズが流れる雰囲気の良い喫茶店で美味しい食事をいただいた。その後は雲ひとかけらない青天下の街を、タラタラのんびり、ぶらぶら散策した。

「ところで、この街はなんていう街なんですか？」

人通り多い駅前交差点で信号待ちをしつつ、隣の村上さんに訊《き》いた。

「三鷹《みたか》です」

「あぁ……アニメポスターで有名な……」

私は早口で説明した。

一九九六年、アニメ『新世紀エヴァンゲリオン』に登場する二十世紀最大のヒロイン『綾波《あやなみ》レイ』のポスターが、三鷹市水道局によって作成された。浴衣《ゆかた》を着たレイが、市民に水の大切さを訴えかけているそのポスターは、当然のことながら世界に大きな波紋を投げかけた。盗難騒ぎが相次ぎ、市役所には「ポスターありませんか？」との問い合わせが全国から殺到。結果、通常業務が破綻《はたん》して、市の中枢はその日麻痺《まひ》した。なにやら下敷きなどの市民啓蒙《けいもう》キャラクターグッズがＪＲ三鷹駅で市民に配布されていたとの情報もあり、当時北海道の片田舎で健やかな毎日を送っていたノータリン高校生も、ひとり下宿で綾波グッズ欲しさに悔し涙を流したものである。そんな甘酸っぱい青春の思い出、そうかここがあの三鷹市なのか、と感動することしきり――

と、ついつい綾波の魅力に話がそれかかったところで、我に返った私は慌てて口をつぐんだ。

私ももう大人である。仕事の上司の前で、昔のアニメ話をベラベラまくし立てるような恥ずべきマネはすまい。ほらまもなく大きな公園に到着したではないか。ここがかの有名な井の頭公園ではないか。日当たりの良いベンチには文庫本をめくっている知的女性が座っていて、私は三鷹市が文学の街であることを思い出した。

そ、そう、いかに毎年、完全オタク向け広報ポスターを生産していようとも、ここは決してアニメの街ではないのだ――！

「あ、せっかくですから、近くにあるジブリ美術館に行ってみましょうか？」

村上さんが言った。私はうなずいた。同人誌でも買おうかなと思ったが、いざたどり着いてみると、ジブリ美術館は、そういう場所ではなかった。コスプレイヤーもいず、事前予約なければ入館できない決まりであったので、私たちはカップルや家族連れで賑《にぎ》わう美

術館入り口で、パチリと数枚、記念写真を撮影した。

このまま立ち去るのが悔しくもあったので、四方のアベックたちに怨念《おんねん》をかき立ててみもした。

「こんな平日にデートかよ。そんな小市民的幸せに安住していられるお前らの脳天気さが羨《うらや》ましいね。羊の群れみたいに、何時間も入館待ちができる君たちの家畜精神が羨ましいね」云々の呪いを投げかけてみもした。

ところが己の浅ましさに対する憤りは発生せず、精神は沼の水面《みなも》のごとく平穏であり、やはり面白くも悲しくも何ともない。

そしてそれは、もちろん仕方のないことで、平らな気分の散歩はまだまだ続き——しかし、はて村上さんは、どこを目指して歩いているのだろう？

いずこかに確固たる目的地が存在しているようだったが、私は「どこに行くんですか？」とは訊かずに、「どうしたものでしょうね」と抽象的な問いを発した。

「……なんだかこの新世紀、世の中が悪くなっていくようです。みんな行き詰まっているようです。僕の知人たちも、仕事やめたいとか、ぜんぶクソくだらないとか、そういうことばかり言ってます。まったく未来展望がありません。どうしたらよいのでしょう？」

あまりといえばあまりに抽象的すぎる質問だったが、先日読んだ『ビジネスサバイバル術』に、『上司には若者らしい質問をぶつけて、その自尊心をくすぐりましょう』との知恵が書いてあった。そうすれば上司は、聞いた風な教訓話などを良い気分でペラペラと話し、くだらない問いに思い悩む若者に対してしばしの優越感に浸り、『こいつもなかなか可愛い奴じゃないか』と、心証をアップさせてくれるという。しょうもないに決まっている目的地を聞き出すよりは、よっぽど建設的な話題であろう。

おお——まさに村上さんも、ありがたい教訓話を滔々《とうとう》と語り出したぞ！

「若者は往々にして既成概念にとらわれているんですよね。だから日々の生活を嫌がるのじゃないでしょうか。つまりまだあなた方は本当の人生に足を踏み出していないわけでしょう。——でもね、生きていれば、いずれわかりますよ。敷かれたレールなんて、どこにもないってことがわかりますよ。自分の好きな風にすればいいんですよ」

「はぁ、なるほど……」

私は神妙な面持ちで、彼の言葉を右から左に聞き流した。

「本当の人生に足を踏み出していない」と言われても、私がお酒を飲めるようになってから早四年が経過している。縄文人だったら、そろそろお迎えの季節である。こうゆう適当なことを言う人の話を、あまり真に受けてはいけないなと思った。

そうだ、ドント・トラスト・三歳以上……長時間歩行による疲労困憊《こんぱい》で、なんだか気分が薄暗くなってきた。

アパートに帰ったら明日の昼までぐっすり寝るぞと決心し、うつむき加減で私は歩いた。

歩行距離が七キロを超えたあたりで、村上さんが言った。

「さあ目的地に着きましたよ」

「……どこですかここは？」

私は顔を上げて周囲を見回した。

立派な門構えのでっかい寺が目の前に建っていた。

はて――

私を禅の修行僧にでもするというのか。禅の一日体験でもやっていけというのだろうか？

……まぁ別になんでもいいです。紙面が埋まるなら、坊主にもなるし出家もします。もう僕は、「ネタ切れで出家かよ！　滝本ももう終わりだな！」なんていう皆の笑いとか、罵倒《ばとう》とか、そういうことには頭を使わないんです。ついこの前まで僕は、グーグルで自分の名前を検索し、世の中で自分の小説がどういう受け止められ方をしているのかを、毎日二時間かけて調べていました。皆に自分がどう思われているのかが気になって仕方がなかったんです。でもそれも、くだらないことですので、もうやめました。

生かすも殺すも好きにすればいいんです。僕はこのクソ怠《だる》い人生から、足を半分下ろしたのです。もう余生が始まってます。でも、みんなは頑張れ！　僕はここで応援してるから、みんなは勝手にそっちで頑張れ？　僕はここでロボットのように、死ぬまで自動稼働していますs。おや賽銭箱《さいせん》がありますね、賽銭箱はお金を入れる物です。百円を入れました。みんなが幸せになるといいですよね――しかしそんな折り、村上さんが僕を墓の方に連れて行きます。細い通路を通り、寺の裏手に回るとそこはお墓です。うぅう、埋め立ててくれー！　僕を墓に埋め立ててくれー！

「ははは、なに遊んでるんですか滝本さん。ほらあなたも探してくださいよ……確か、このへんに……」

村上さんはなにかを探すふうだった。

まもなく彼は、ポケットからデジカメを取り出して叫んだ。

「あ、ありましたよ！　ここですほら、太宰治《だざいおさむ》のお墓です！　さあここに手を合わせ、『太宰先生、私は二十一世紀の太宰治になります』と誓ってください！」

「…………」

「それというのも先日です、僕、あなたの新しいキャッチコピーを考案したんですよ！――『二十一世紀の太宰治』！　どうですコレ、とっても売れそうでしょう！」

村上さんは、風船で月まで飛ぶロケットの仕組みを考案して有頂天になっている小学生のごとき、軽やかで清々しい、本当の笑みを浮かべていた。

う、うわー……

デジカメ片手に墓地ではしゃぐ彼の姿は、私の心のドアーを、静かに開放させていった……

だが墓地撮影会はこれで終わりではなかった。

「さあ、今度はうしろを見てください！　ほらそこが森林太郎のお墓です！　ここに手を

合わせて、『鷗外《おうがい》先生、私を立派な二十一世紀の文豪にしてください』と頼むんです！」

そうしてパチパチと写真を撮った彼は、今度は私を、市街を流れる小川に連れて行った。

彼は軽やかな身のこなしでフェンスを乗り越え、バキバキと木の枝を踏み折りつつ、玉川上水のほとりでカメラを構え叫んだ。

「さあ次は、玉川上水で太宰の降霊会です！」

頭のネジが弾《はじ》け飛んだがごとき彼の奇行は、SF小説百冊分のセンスオブワンダーを私にもたらした。さすがは○川書房で、長年編集者を務めてきた人だなと思った。小鳥のさえずりと小川のせせらぎと、「もっと太宰らしく深刻な顔をして！」という村上さんの命令――私は脳がバターのごとく溶けていく気配を感じた。こうして私は、「既成概念にとらわれていない大人」の姿をこの目でしかと目撃したのだった。

そしていつしか頬を伝うのは――これは何、涙？

「……うぅ、生まれてきてすいません」

「そうですその調子です！　やればできるじゃないですか！」

「……いま私には、幸福も不幸もありません」

「良い太宰ですよー、良い太宰になってますよー」

「ただ一切は過ぎていきます。ただ一切は過ぎていきます」

「そうですよ、過ぎていきますよ、何もかもアッサリと流れすぎていきますよ、あたかもこの川の流れのように」

　そうですヒロポンやるもよし、心中して拍手喝采《かっさい》されるもよし、むろんそれらは全部くだらない川流れですが、くだらなくても面白みはあるじゃないですか――そんなことを彼が言ったか言わなかったかは忘れたが、次に村上さんは山本有三記念館に私を連れて行った。広大な敷地にそびえ立つ威厳湛《たた》えた洋風建築に私は圧倒された。文筆業でこれだけの金を稼げるのだという事実を私は知り、肝を冷やした。

「ほらごらんなさい、このお屋敷をごらんなさい。このお屋敷、あなたのアパートの何倍ありますか？」

「えー、およそ百倍？　金銭に換算したら、千倍ぐらい？」

　暖炉のある居間の、だいたい三十分の一ぐらいのスペースが、私の六畳一間である。

村上さんは私の肩をバシンと叩《たた》いた。

「そうですよ、こんなお屋敷に住んでからです。アレはくだらないとかコレも虚しいとか言い出すのは、こういう記念館が建てられてからです」

「……ぼ、僕も頑張れば、いつか、こんな良いうちに住めますか?」

「ムリでしょう、しかし可能性がないわけではないのです」

どっちやねん!

「さあ次は喫茶店に行きましょう。一休みをして、甘いアイスを食べましょう。あ、灰皿もらえますか? あぁどうもどうも、はいコレ、あなたタバコ吸うでしょう。——では食べながら吸いながら、僕に話してください。消えたもののことを話してください」

ならばと私は語った。いかに大切なものが無くなったのかを口角泡飛ばし熱っぽく語った。あるいはこのエッセイ連載開始時に、すでに大切なものは消えていたのだと伝えた。

二年前、己の能力に絶望し、自分の話すセリフ書く言葉を一切合切信じられなくなったあの夜に、世界は腐って廃墟《はいきょ》になったのだ。何のために生きればよいのか、何のために苦労して暮らせばよいのか、それまで自明であったはずの人生目標がパーになったのだ。

——あぁいつだかハゲて頭を剃《そ》った、しかしそれは別段、恥ずかしいことではなかった。NHKのテレビ番組で彼女募集をかけてみた。むろん私はいつも通り挙動不審であったが、ことさら精神は恥を覚えなかった。私は本物の苦悩と恥を探して、過去の一夜の赤面するべき情景を文章に描き、頭の悪いトリッピング経験を衆目に晒《さら》し、そののち渋谷に赴き、箱根にも出向き——しかし苦悩はどこにもなかった。あったのはただの倦怠感《けんたい》だけだった。何もかもがひたすらに面倒くさく、それは彼女の死が招いた結果であった。

そうだ、輝き滅すれば、おのずと闇も失せ、漠然とした薄もやだけが世界に広がる。どこを見回しても灰色のゾンビ世界、生きながらにして死んでいる者の目から見る死人世界が広がっていた。私はこんなのは嫌だったはずだが、「嫌だ」というその気分までが消えてしまった。もう嫌なことも好きなこともなんにもない——

＊

「いいえ……あなただってわかってるんじゃないですか?」

日が暮れかけたころ、村上さんは伝票を持って立ち上がった。

「そういうものは、何がどうあろうと決して消えないものです。——あぁ、撮った写真は明日送りますよ。良い太宰が写ってるといいですね」

私もタバコを灰皿に押しつけ、鞄《かばん》を肩にかけた。

「……ムリですよ。心中相手が消えてしまったんですもの、僕は太宰にはなれません」

「なら太宰を超えてゆけばいいじゃないですか。あなた、実家は太宰よりも北でしょう。資格は十分にありますよ。心中相手もちょっと探せば見つかります。うふふ、『二十一世紀の太宰治』、やっぱりイケますよね、このキャッチコピー。——ではそういうことで、アパートに帰ったらバリバリ原稿書いてください！」

村上さんはBMWミニで、ぶーんと町中に消えていった。

夕暮れの街にひとりポカーンと取り残された私は、駅前のゲームセンターで脱衣マージャンをやった。もちろんぜんぜん面白くなかった。私は格好をつけて左手をポケットに入れ、タバコをくわえながらモソモソ独り言を呟《つぶや》いた。

「でも結局、それは仕方のないことさ。だって彼女が死んだんだから……」

だからもう私は何に惑わされることもなく、死ぬまで安穏とした気分でいられるはずだった。悩みのない平坦《へいたん》な気分で、すやすや眠っていられるはずだった。

ところが先ほどの太宰降霊会が、私の気分を少し変にしているようで、まるで意味のないタワゴトがおかしく思えて笑いそうになった。駅ビルの映画チケット販売所で、アルコール中毒と思われるおっさんが、バイト販売員に絡んでいた。

「嬢ちゃん俺を馬鹿にしてんのか！」

「いいえ馬鹿にしてはおりません」

事務的口調で答える窓の奥のバイトさんと、こめかみに血管を浮かべていきり立つ中年親父——ああ馬鹿だなぁ、本当に馬鹿だなぁ。私は彼らを観察して、よそ見歩行をした。

そんな折り、猛スピードで走ってきた主婦の自転車に接触し、私は向こうずねを強打して転倒した。

「いえ大丈夫です、なにも痛くないです」

恥ずかしかったので、素早く駅前の雑踏に紛れ込み、涙を拭《ふ》いた。

痛みが引くまで足を止め、ぐるりと周囲を見回した。

やはりこれと言って特筆するべきことのない平坦な夕闇と、光と影を織りなし歩き回る人人人の群れ、みんなデタラメにあちらこちらへ動き回っていた。近くの小川では昔々、お酒と覚醒剤《かくせい》で頭をパーにした小説家が溺《おぼ》れて死んだ。川の脇には凄《すご》い文豪の巨大洋館が建っていた。そして本日の西日はとても眩《まぶ》しく、皆と私を赤くまばゆく照らしていた。

しかしそれらの物事には、結局やっぱり、何の意味もないようだった。どこにも神様はおらず、瞬きすれば消えてしまいそうなほど世界は危うく無根拠で——

「…………」

私は切符を買って電車に乗った。帰宅途中のコンビニで夕食のパンと豆乳を購入した。いつもの公園のいつものベンチで、老いた猫を観察しながら、努めて平らかな気分で冷たい夕食を摂った。ビルの隙間では、月が安っぽく輝いていた。私は目を両手で覆った。目をふさがないと、またくだらない勘違いをして、超人ロードを歩き出しそうだった。

あの道、この道、あんな道。私はもう歩きたくなかった。だから心を静めて目をふさぎ、あんな葡萄《ぶどう》は酸っぱいんだ、お前らが喜ぶような物事は、人生の意義について深く思い悩んでいるこの私にとって全部ゴミクズなんだよと言い張って……いいや違う、そういうことじゃないんだ。私が達したこの境地は、妬《ねた》み僻《ひが》みのルサンチマンとは何の関係もないんだ！　信じてくれよ、本当なんだ——！

しかし彼女がくすくすと嘲笑《ちょうしょう》していた。

出発地点に引き戻されたと気づいた私は、負け惜しみを吐いた。

「……ま、まぁいいさ」

超人ロードは円環を描いているらしく、私は何度も同じ道をグルグル迷走しているようだった。そしておそらく、彼女も死なないはずだった。消えたと思っても、姿を変えて、私を惑わし続けるに違いなかった。私は瞼《まぶた》の裏に月の幻影を思い描いた。三日月の縁に腰を下ろし、優雅な風情で私に微笑む彼女を見た。頬を撫《な》でる夜風は彼女の息吹だった。足元の砂利の感触に、揺れる木々のざわめきに、彼女の気配が染みこんでいた。どこを見回しても彼女がいた。

「……でもそれも、幻なんだろう？　また別の夢が始まるだけなんだろう。あぁいつの日にか、この手に君を再び抱きよせる日も来るだろう。しかし君はまたサラリと溶けて消え去るだろう。——これはそういうゲームなんだろう？　死ぬまで続く、もしかしたら死んでも終わらない、君の幻に急《せ》き立てられて走るマラソン、それが超人ロードなんだろう？」

「…………」

もちろん何も、答えはなかった。

私はパンの袋を丸めてベンチから立ち上がった。アパートに帰る前に、もう一度目を閉じた。

——鼻で笑って「おお見よ」と呟く。

幻想の月はぴかぴかと瞬いていた。

私を照らし、月はいつまでもそこにあった。

レイちゃんの知恵袋

面白くってタメになる！

よ、よし。とっても興味深いタイトルです。これで売り上げが百部は増えました。でもこの程度で気を抜いてはいけないです。まだまだ愉快なオマケを沢山書いて、せめて初版部数が捌《さば》けるぐらいの本にしなくてはならないのです。私の責任は鉄アレイより重いのです。

うぅ、本当はもうこんな狭い押し入れから外に出ちゃって、テレビの深夜映画を楽しみたいのですが、もちろんそんな誘惑に負けてはなりません。だって私が良いオマケを書かないと、本が売れ残って、滝本さんが路頭に迷ってしまいます。ホームの無い人になってしまいます。

「い、いけない。私が頑張らなくっちゃ――」

あまりうるさくすると、目を覚ました滝本さんにノートパソコンを取り上げられてしまうので、私は狭い押し入れの中で静かにガッツポーズを取りました。

それというのも数時間前のことでした。

「ねえ滝本さん、私も何かオマケを書いて、本の売り上げに貢献してあげましょうか？」

「あぁ？　お前なんかに何が書けるっていうんだよ。俺の本を汚すのはやめろよ。ノートパソコンも貸さないよ。今晩もエロ動画収集をやらなきゃダメなんだよ。寝てる間に自動収集しなくちゃダメなんだよ！」

全自動の動画収集ソフトをセットした滝本さんは、ぐっすり眠ってしまいました。夜の間にパソコンが集めてくれた動画を、朝にニヤニヤとチェックするのが彼の習慣なのでした。

私は彼の顔にそっとハンカチを載せてみました。

「…………」

目覚めません。すっかり熟睡しているようです。私はネット回線からパソコンを引っこ抜き、物音を立てないよう押し入れに持ち込みました。そうして足がつっかえないよう体育座りをし、膝《ひざ》の上にちょこんとパソコンを載せて、文章執筆を始めました。

動画よりも大切なのは本の売り上げなのです。いくら彼が私の文章を掲載拒否したって、エージェントさんに送信してしまえばこっちのものです。

ですので日が昇る前に、この仕事をテキパキやっつけてしまわなくてはなりません。しばし暗闇で腕を組み頭を捻《ひね》っているうち、だんだん書く内容も思いついてきました。皆様のお役に立つような実用的マニュアルを書いて、この本に立派な付加価値を与えたいと思います。

たとえばそれは、『出会い系の利用方法』や、『髪の生やし方』です。本文では伏せられていた具体的利用法を事細かに描いて、皆様の健康で文化的なハッピーライフに幾ばくかのご支援ができたら良いなあと思うのです。つまりこの本を読むだけで、明日にも彼女ができるようになり、ハゲの人は髪もフサフサになるということです。

わ、わあ、なんて素晴らしい本なのかしら！　むしろ滝本さんのエッセイはオマケで、この知恵袋こそが本文だと言い張ってもバチは当たらないわ！　そ、そうです、この私の功績が認められたら、きっと滝本さんも私に感謝して、私の有り難みが身に染みてわかるに違いないのです。

「よ、よおし、頑張らなくっちゃ！　さあ『レイちゃんの知恵袋』、始まり始まり――」

私はニコニコとキーボードを叩《たた》きました。

知恵その一　出会い系の上手な使い方

まず私は皆さんに、意識革命を提案したいと思います。

今日もテレビでは、やれ『援助』だの『児童』だの『教師』だのと、出会い系サイトのダークサイドばかりが取り上げられており、きっと皆さんも出会い系には、悪いイメージを持っておられることでしょう。

「そうか出会い系とはお金で女性を買う所なんだな！」と、けしからぬ思想に凝り固まった男性諸氏も多いことでしょう。

しかしそれは唾棄《だき》すべき大間違いなのであります。平安絵巻を思い出してください。身分の高い貴族男性は、一度も顔を見たことがない女性に熱い恋文を書いて送りますね？何度も手紙をやりとりして、言葉でハートをゲットしなければ、貴族女性との恋は始まりませんね？

ほらその点について頭を捻ってみれば、出会い系も源氏物語も、おんなじ事だとわかります。いきなり出会って喋《しゃべ》るよりも、まずは文章で心をやりとりする出会い系の方が、ずっと精神的で純粋で貴族的な恋愛方法なのだということです。

もちろん私は、『ネットで運命の人を見つけろ』とか『ユーガットメールみたいな恋をしろ』とか、そんな夢みたいなことを言っているわけではありません。ただ、最初に文章で内面コミュニケーションをやるぶん、互いの性格や意図を事前に把握することができるので、合コンなどよりも、ずっと適材適所でスムーズな恋愛進行ができるというわけです。

お金もかかりません。『女性登録者多数！　サクラはゼロ！』などという有料サイトを利用する必要はありません。ヤフーやエキサイトなどの一般的無料サービスで十分です。趣味や所在地のデータで検索をかけて、めぼしい女性を発見したなら、すかさずメールを送りつけましょう。男性の場合、『自分のプロフィールをサイトに登録して、女性からのメールを待つ』という撒き餌《まえ》方式をやっても、ほぼ百パーセント失敗に終わります。なぜなら女性は自分からメールを出さなくとも、男性からのメールが腐るほどに来るからです。結果として、自分から男性にメールを送る女性は皆無であります。

そうです自分から積極的にアタックせねば、決して『出会い』は訪れません。その事実を肝に銘じて、地道に恋文を書きましょう。むろん競争相手は多いのですが、恐れるには足りません。いつまでも諦《あきら》めない心を持って果敢にメールをばらまけば、いずれ勝利はあなたのものとなります。以下のアドバイスを忘れることなくメールを書けば、三ヵ月以内に人間彼女があなたのものになります。

さてメール文章のポイントは、『誠意』そして『ユーモア』、最後に『正直さ』です。まずは誠意を持って、ターゲットの話を聞いてあげましょう。自分のことばかりをべらべらアピールするのはいただけません。聞き上手になることが肝要です。どんな女性でも沢山の悩みと孤独を抱えて生きているのです。彼女の孤独を誠意で引き出し、そこに上手につけ込むのがうまいやり方です。かといってあまり深刻になるのも考えものですので、絶えず『ユーモア』を交え、楽しいメールのやりとりを心がけましょう。

そして一番大事なのが『正直さ』です。以前滝本さんは、「文章でのキャラクター演出は俺の本業じゃないか！　よし魅力的な人物を演じて、恋人百人作っちゃうぞ！」と奮発し、歯の浮くような大嘘メールを百通ほどコピーアンドペーストでネットにばらまきました。返信はゼロでした。そうです女性は馬鹿ではないのです。下心や見栄《みえ》は容易に見透かされます。ですから相手は、自分と同じ生身の人間なんだなということを片時も忘れてはなりません。

『誠意』『ユーモア』『正直さ』の三箇条を常に肝に銘じ、温かな心の触れあいをやるのです。嘘はいけません。コピーアンドペーストも多用してはいけません。むろん地道なメール作成は手間暇がかかりますが、一度彼女のハートを文章でゲットしてしまえば、実際に街で会ってからの進行は驚くほどスムーズにゆきます。そしてもしあなたに外見的不利があったとしても、メールでの交流で十分に補えます。

よく人はいいます。

「人間は顔じゃない！　心なんだ！」

しかしそれは建前です。現実では格好いい男、綺麗《きれい》な女ばかりが持てはやされます。でも出会い系では、その建前こそが真実となるのです。

「美しい心を磨けば、おのずと出会いが訪れる」

これが出会い系の極意なんです。

頭がハゲたとき

知恵その二

ハゲは悲劇であり喜劇です。どんなに本人が惨めで苦しくとも、誰も救いの手をさしのべてはくれません。なぜならハゲは、滑稽《こっけい》です。誰がバーコードサラリーマンに同情しますか？　誰が若ハゲ小説家を慰めますか？

悩むことすら恥ずかしい悩み、それでいてハゲ者のアイデンティティーを刻一刻と蝕《むしば》んでいく死に至る病、それこそがハゲなのです。

ですからハゲ者の強力なコンプレックスを利用して、がっぽりお金を搾り取ろうとするあくどい企業がわんさとあります。テレビをつけてご覧なさい。綺麗な女の人が頭皮のチェックをしてくれますね。アレはつまり、『ハゲるとモテないぞ』というメッセージをハゲ者の深層心理に植え込もうとする悪の企《たくら》みなのです。いつだか滝本さんも、テレビのCM美女を見つめて呟《つぶや》きました。

「うぅう、明日にでも行ってこようかな、CMでやってた頭髪検査……」

私は彼の肩を揺さぶり叫びました。

「いけない！　あんな悪魔たちに騙《だま》されちゃダメゼッタイ！　胸の大きな女の人が、滝本さんの頭皮をカメラで見るわ。そして彼女は言うわ。『あーマズいですね。彼女ができないですね』そしたら滝本さんはコロリと騙されちゃって、何十万円もするヘアケア用品をほいほいローンで買っちゃうわ！　サラ金にも手を出しちゃって、人生が終わってしまうわ！」

なのに滝本さんはハゲを搾取する悪徳カツラ屋のＣＭソングを口ずさんでいました。すっかり洗脳されているようでした。私はぎゅっと右手を握りしめて決心しました。

――ゆ、許せない！　私の滝本さんを、そんな酷《ひど》い目には遭わせない！

こうして義憤に駆られた三年前の私は、真のハゲ対策を調べ始めたのです。

ネットで様々な文献を調査した結果、やはり企業の高額ヘアケア用品には、値段分の価値がないとわかりました。馬鹿みたいなお値段のシャンプーやリンスを買う必要はないのです。普通にデパートで売っている、頭皮に良さそうなシャンプーで十分です。そして医学的に承認された発毛剤も、現時点ではわずか数種類しか存在しておらず、それらは個人で安く簡単に購入できます。要するに育毛は、すべて自宅で行えるのです。お金を払って企業の手を借りる必要はないのです。さあレイちゃんのフサフサ計画スタートです！

まずは生活習慣を見直しましょうね。ストレスはたまっていませんか？　栄養のあるものを食べていますか？　睡眠は足りていますか？　頭皮を清潔に保っておりますか？

これらの基本事項を改善したなら、次はクスリの注文です。ネットを使って、海外のクスリ会社から個人輸入をしましょう。手続きがよくわからない場合は、少し割高になりますが、輸入代行会社のサービスを使いましょう。ミノキシジルとフィナステライドの併用が、二〇〇三年現在のデファクトスタンダードとなっております。ミノキシジルは、成分含有量が五パーセントの商品なら何を買ってもよいです。『ヘッドウェイ』あるいは『カークランド』が安くてお勧めです。日本の『リアップ』は、薄くて値段が高いですが、薬局で気軽に購入できるので便利です。

フィナステライドは、『フィンカー』という製品名の錠剤を買うのが良いでしょう。錠剤を五等分して、寝る前に飲みます。どちらの商品も、禁煙すればモトが取れるぐらいのお値段ですので、家賃が払えなくなるようなことはありません。

酷い副作用の報告などもありませんが、男性ホルモンを抑止するお薬なので、何かしらの危険性は完全否定できません。特にフィナステライドは、内臓に負担をかけたり、男性機能が低下したりすることがあるそうです。今のところ滝本さんは健康ですが、使用は自己責任でお願いしますね！

ですが……これだけ自分で努力をしても、それでもハゲが止まらない場合は？

カツラという手段があります。しかしオシャレとして被《かぶ》るのなら良いのですが、フサフサ偽装に用いるならば、まず間違いなくカツラはバレます。バレないにしても、いつバレるかとヒヤヒヤもので、仕事も生活もサッパリ手に付かなくなること請け合いです。

あるいは自家植毛手術をするという手もあります。後頭部から頭皮を移植して、半永久的なフサフサ状態を作る手術です。ところが何百万円もお金がかかるし、自分の頭皮を移植するので、広範囲なハゲには対応できません。

結局、自家育毛でハゲが治らなかった者は、死ぬまでハゲの運命を背負って生きるしかないのです。

しかしそれでも、最後の手段は残っております。

希望を捨ててはなりません。

ハゲは確かに、一種の欠損であります。そこにあったはずの毛を喪失することによって、ハゲ者は生涯消えぬ欠損を、天下に露出しなくてはなりません。

皆が笑っています。皆が彼を見下します。

ですが価値ある毛を、自分の意志で剃《そ》りおろしたなら、そのときハゲという欠損は、スキンヘッドという新たな価値に生まれ変わります。そうです、ハゲという運命を否定し、自らの意志によって己のヘアスタイルをつかみ取るのです。

なんにも怖いことはありません。ただちょっと冬寒くて夏暑いだけです。人と待ち合わせをするときにも便利です。目立つのですぐに見つけてもらえます。

やり方もトッテモ簡単、必要なのは、バリカンとカミソリ、そして沢山のシェービングジェルだけです。まずはバリカンで、ざっと頭を刈り上げましょう。ここで丁寧に毛を落とすと、のちの工程が楽になります。（バリカンを用意するのが面倒な方は、初回だけ床

屋さんにやってもらうのもよいです）

そうして頭を五分刈りにしたら、ジェルをたっぷり塗りつけて、ジレットマッハシンスリー・ターボで、（スキンヘッド業界のスタンダード安全カミソリです。値段は高いのですが、そり味が良く、刃も長持ちします）注意深くゾリゾリとやりましょう。慣れないうちは血みどろになるかもしれませんが、回を重ねるごとに頭皮が強くなり、朝の五分で怪我なくスカッと剃りあげられるようになります。

あとはニット帽などで、各自オシャレをしてください。外気から頭皮を守るため、冬も夏も帽子は必需品です。剃る前に帽子を沢山購入しておくと便利です。

さあみんなでレッツトライ・スキンヘッド！

お願いだから滝本さんの仲間になってあげてください！

知恵その三　ネットとの付き合い方

滝本さんが出演したテレビ番組が放映された夜のことです。滝本さんは振り切れた笑顔を浮かべてパソコンデスクに座っていました。ディスプレイに表示されているのは、人の多い掲示板のテレビ実況スレッドでした。

世界各国のみなさんが、リアルタイムでテレビの感想を書き込みます。

滝本さんは白目を剝《む》きかけています。私は目隠しを手に持って、彼の背後に立っています。

放映開始五分前に滝本さんは言いました。

「ねぇレイ、もうすぐみんなが僕を褒め称《たた》えるよ。なんて格好の良い小説家なのかしら、私もう胸がキュンとしちゃったわって、みんなが僕を好きになるよ」

ところで滝本さんは、ネット中毒患者でした。寝てるとき以外は、ずっとネットに繫《つな》がっています。悪い動画を集めたり、人間の本音が表れた醜い文章を読むのが大好きです。本を出版してからは、さらにその症状が酷くなりました。

自分の名前をサーチエンジンで検索するのが彼の日課でした。グーグル、フレッシュアイ、インフォーシーク、goo、AlltheWeb、TOCC、AAA!CAFE、日本語が使えるすべてのサーチエンジンに『滝本竜彦』と打ち込んで、自分の評判を朝から晩まで調べていました。

褒められると嬉《うれ》しくなります。罵《のの》られると落ち込みます。『やっぱり俺は天才だった!』『いいや、やっぱり俺はクズだった』この自己評価を右に左に揺れ動き、検索作業が終わったころには、彼はすっかり廃人です。自分が何者なのかわからなくなってしまい、コテンとベッドに横になります。彼はこんな生活を二年間も続けてきました。

三次元人間との親密な付き合いがないので、アイデンティティーが怪しいのでしょう。

「他人の評価に耳を傾けても、あなたの不安は消えないわ」と、いくら私が説得しても、彼は朝から晩まで充血した目をブラウザに向けていました。

この夜もそうでした。私はいつにない嫌な予感にドキドキしていました。

まもなく番組が始まり、ハゲの人がテレビに出ました。

掲示板をリロードすると「誰よあのハゲ？」「なんかキョドってる」「キモい」等々の書き込みがツラツラと表示されました。

私の予想通り、誰も彼を褒め称えませんでした。彼の姿に胸をきゅんとさせた女性もいませんでした。滝本さんは鳩尾《みずおち》を押さえて呻《うめ》きましたが、それでもマウスは離しませんでした。

嫌な評価ばかりが下されるとわかっていても、彼は他者から見た自分の姿を確認せずにはいられないのです。それほど彼のアイデンティティーはスカスカだったのです。

「で、でもダメゼッタイ！」

私はすかさず彼に目隠しをしました。

「こんな書き込みを見たら、あなたは、あなたは――！」

いまやその掲示板には、あまりに致命的な罵倒が書き込まれていました。なのに滝本さんは私の手を振り払い、目隠しをほどいてディスプレイの文章を読み上げました。

「ヤバいよあのハゲ、マジで逝っちゃってるよ。普通あの顔で、『愛が大事です』なんて言うか？　だいたいハゲヒッキーのクセに彼女なんて作れるわけないよ。自分が恥ずかしくないのかな。普通は自分の惨めさに耐えられなくって死ぬよ。見てるこっちが辛《つら》くなるぐらいにキョドってたし、なんか目も変だったたし、薬でもやってるのかな。ぜったいモザイクかけた方がいいよ……ぶくぶくぶく」

滝本さんは口から泡を吹いて昏倒《こんとう》しました。私の応急処置がなければ、いまごろ彼は天国の住人でした。

しかし彼は、以来ネットで自分の評判を調べるのをやめてくれました。このままでは命が危ないと気づいたからです。こうして「世界一自分の書評に詳しい小説家、滝本竜彦」は消えたのです。運良く毒をもって毒を制することができたからよかったものの、あのままネット浸りの毎日を送っていたら、きっと滝本さんは、とっくの昔に完全廃人だったでしょう――

つまり私が何を言いたいのかと申しますと、ネットの言葉を、あんまり真に受けてはいけないということです。滝本さんの例は少々特殊ですが、ネットにどっぷりつかるあまり、頭をパーにしてしまった人間を、私は何人も知っています。

そもそも言葉というのは、簡単に人間の脳を変にするものです。人を生かすも殺すも言葉です。そんな危険な言葉の数々が、ネットではものすごい勢いでやりとりされています。ネットにおいて、言葉のパワーは加速し増大するのです。言葉はデジタルデータなので、きっとネットと相性が良いのでしょう。毎日十時間もネットに繋がっていたら、頭がおかしくなるのも当然です。ネットには譬《たと》えようのない魅力がありますが、確かな危険も潜んでいるのです。

ですから『ネットは一日、五時間まで！』

皆さんもこの標語を、決して忘れないでください。そして週に一日は、『ノーネットデー』を導入してください。自分のことをネットで調べるのもやめましょう。悪い動画を集めるのもほどほどにしましょう。そうしてたまには、天気の良い公園をぷらぷら歩いてみましょうね。私とみんなの約束です！

知恵その四　本当に風俗に行った方がいいのか、その学術的検証

私にはよくわかりませんが、どうやら人間には、とある大問題が存在しているようです。この問題をうまく処理できるか否かで、人生全体が良くなったり悪くなったりするそうです。昔の精神分析医は、「ヒステリーなどの精神異常は、性欲がうまく満たされていないのが原因だ！」と主張しました。また滝本さんは、若かりし日に冒した過ちで、ますます人間女性を忌避するようになりました。「彼女がいない人間は就職率が悪い」との統計もあるそうです。「異性と健全なコミュニケーションを取っていない人間は、寿命が短い」

との調査結果もあるようです。だから賢者は言いました。

「ぐだぐだ悩んでんじゃねーよ！　まずは風俗に行け！」そんな名言を残してくれました。

ですが――

「元気になりたければいますぐ風俗に行きなさい！」と滝本さんをけしかけるのは気が引けます。そういうのは、なんだか不純な感じがします。

風俗に行ったせいで、よけいに精神が悪くなる可能性だってあるのです。

ちゃんとしたデータがないうちは、無責任なことは言えません。

ですからまずは、情報収集が必要です。

何事もちゃんとした調査をして、善悪の判断をするのが肝心なのです。

私はポケットから携帯電話を取り出して、滝本さんの知り合いに電話をかけました。

「もしもし、私レイです。夜分遅くごめんなさい」

「あぁレイちゃん久しぶり、まだあの馬鹿の所にいるの？　嫌になったらいつでも俺の所に来いよ。押し入れは開けておくからねアハハ」

「それより池田さん、ちょっと聞きたいことがあるんですけど……ススキノってどうです？」

かなり唐突な質問でしたが、二、三のやりとりの末、池田さんはペラペラ話してくれました。

ススキノはヨシワラに比べて料金が安いこと。学生時代から、週に一度は通っていたこと。今もお金ができたら、まず何を差し置いても風俗に行くこと――

ふむん、なるほど、中学高校時代よりも、彼は性格が明るくなったようです。昔に比べて、ずっと人当たりが柔らかくなったようです。

風俗で働いている女の人たちも、みんな優しくてプロだから、ちっとも怖くはないそうです。札幌に来たら滝本さんを良い店に連れて行ってやるよとも言ってくれました。

もしかしたら風俗とは、とても良いものなのかもしれません。

ネットで動画を集めているよりも、ずっと健康的な趣味なのかもしれません。

そういえば、ワーグナーに「彼女がいないと精神が悪くなるよ」とバカにされたニーチェも、勇気を出して風俗に行ったそうです。運悪く梅毒になっちゃいましたが、現在の医学では梅毒なんて怖くはないのです。私は池田さんに礼を言いました。

「専門的なことを教えてくれて、どうもありがとうね」

――よ、よおし、明日になったら滝本さんをけしかけてやろう！

ところが通話を切ろうとしたときです。池田さんは卑屈な声で切り出しました。

「ところでレイちゃん、お願いがあるんだけど……あのう、お金を貸してくれないかな？　来週には返すから、もう仕事の予定が入ってるから、来週には絶対に返せるから――」

「…………」

「知ってるだろ、このまえ俺、離婚したんだ。……よ、養育費がアレでさ、いまちょっと明日の食費もヤバい状態で」

私はおもむろに通話を切りました。

何百万円も風俗につぎ込んだくせに何を言っているんでしょうこの男は。奥さんに逃げられるのも当然です。

ぷんぷん。

「で、でも、こういう特殊な一例だけを取り上げて物事を判断するのは科学者失格ね。もっと広範囲な調査をしないといけないわ……」

私はもう一人の知り合いに電話をかけました。近くに住んでいるので、直接面談ができます。私は手早くアポを取り、滝本さんを起こさないよう慎重に押し入れから抜け出して、待ち合わせ場所のファミリーレストランに出かけてゆきました。

甘くて美味《おい》しいケーキを食べていると、まもなく津島君がやってきました。

「こんな夜中にどうしたんですかレイさん！　も、もしかしたらあいつに虐待されて、僕に助けを――」

「違うわよ！　ちょっと津島君に訊《き》きたいことがあって……ねえ、お願いがあるの。ちょっと力を貸してもらえないかしら」

私は上目遣いに彼を見つめました。案の定彼は私の魅力にコロリとやられ、うつむいてモジモジとしました。

　ごめんね津島君、私は悪女なんです。

　滝本さんのために、あなたの気持ちを利用させてもらいます。

「ねえ津島君、あなたまだ、ひきこもりをやっているのよね？」

「……す、すみません。でも漫画は描いてます。ネットじゃ有名なんですよ。アクセスカウンターは一日に百も回ります。同人誌を出せば、すぐに自活するだけお金が稼げます」

「いいのよ、何もあなたを責めているわけではないの。――あ、すみません、コーヒーのお代わりお願いします。ほら津島君も、好きな食べ物を頼みなさい。こういう所に来るのは久しぶりでしょう？　分厚いステーキを食べて精をつけなさいな」

　彼は滝本さんの大学時代の知り合いです。漫画研究会とやらに所属していたそうで、卒業したのに就職もせず、いまもお金にならない漫画を描いています。一度だけ原稿を見せてもらったことがありました。なんだか男の人と女の人が、いやらしいことをする漫画でした。彼の想像力の豊かさに、私は具合が悪くなってきました。一度も女の人と親密なお付き合いをしたことがないくせに、そういう漫画を描いてしまうあたりが滝本さんにそっくりです。部屋に籠《こ》もって外出を嫌がるところも似ています。まさに調査サンプルに最高ですね。

　私はさりげなく本題を切り出しました。

「ところで津島君、突然だけど、あなたヨシワラに行ってみてはいかがかしら？」

津島君はオレンジジュースを吹き出しました。

私はハンカチで顔を拭《ふ》きながら先を続けました。

「知っているかしら津島君、ひとりで悩んでいても、どうしようもないのよ。あなたにはきっと、女性に対する悪い幻想があるのよ。『僕を愛してくれる人間はどこにもいないんだ！』なんて愚にもつかない思い込みがあるせいで、いつまでたっても社会に旅立つ勇気が出てこないのよ。でも安心するといいわ。あなたのような人間男性のために風俗というシステムがあるのよ。昔ギリシャでは、風俗嬢は神職だったのよ。ウェヌス神に仕える巫《み》女《こ》さんたちが、みんなに春を提供していたそうよ。さああなたも元気を出して、明日にでもヨシワラに！　ほら小僧！　ぐだぐだ悩んでんじゃ――」そこで私の恫喝《どうかつ》はとぎれました。

「……せ、せっかくのひきこもり脱出アドバイス、どうもありがとうございます。でも実は僕、もう行ったことがあるんです」

「………………」

私が顎《あご》で促すと、津島君は遠い目をして語りました。女性に対する幻想は、幻想でなかったことを知ったそうです。あぁなんて女性は偉くて優しくて綺麗なんだろう、こんな僕にあんなことをしてくれるなんて、まるであなたは女神だ、よおしこれからは、あの女性たちの綺麗さ立派さを参考にして、もっと迫真の漫画を描くぞ——と、彼は心に決めたそうです。

私は伝票を持って立ち上がりました。人間女性の凄《すご》さを滔々《とうとう》と語り続ける彼を無視してレジに向かいます。蝦蟇口《がまぐち》から五百円玉を四枚取り出し勘定を払い、後ろを振り返らずにファミレスを出ました。こうして私のインタビュー企画、『クズ二人に聞きました』は終結したのです。無駄な時間とお金を使ってしまいました。家計も楽ではないのです。さっさとアパートの押し入れに帰って知恵袋の続きを書くことにします。

バイクで夜道を走りました。

青い街灯に照らされた桜並木が綺麗でした。

知恵その五　幻覚剤の正しい飲み方

よ、よいしょ、狭いけど押し入れは落ち着きますね。

さてここで唐突ですが、私から皆さんに、ひとつ訴えかけたいことがあります。

——強い中毒性のあるクスリはダメゼッタイ！　お酒タバコ覚醒《かくせい》剤ヘロインシンナー、ダメゼッタイ！　タバコを吸うヤツも人間のクズ！　人に迷惑をかけるし、お金もかかるし、肺がガンになります。なのに滝本さんはいつまで経っても禁煙してくれません。一日に三箱吸います。やめたいとは思っているけど、意志が弱くてダメだそうです。完全にニコチン中毒です。あぁ忌々しい、悪魔のドラッグ、タバコ！　滝本さんの健康な肺とお金を返して！

しかし一方、本文中で滝本さんが多用していた幻覚剤は、中毒性が少なく、肉体に対する害もほとんどないとされております。世界保健機構の調査結果ですので、間違いはないです。

死ぬまでに一回ぐらいは試してみても悪くないと思います。作用もお酒や覚醒剤などとはまったく違います。使用者に一時的な意識の変容をもたらすだけです。

六〇年代から世界的に大流行して、ヒッピームーブメントで持てはやされました。幻覚剤で悟ったつもりの人間たちが、「よし精神を変革した俺らで、社会を変革しようぜ。愛のある社会にしちゃおうぜ！」と大騒ぎをしました。もちろん社会はほとんど変化せず、ヒッピーの皆さんも、失意のうちにそれぞれ解散したようで、ここら辺のバカなノリは『ラスベガスをやっつけろ』という映画に詳しいです。ヘロイン中毒がテーマの映画、『トレインスポッティング』、あるいは『レクイエム・フォー・ドリーム』などと見比べてみれば、幻覚剤とその他のドラッグの相違点を、おぼろげながらも理解していただけるのではないかと思います。

そうですドラッグと一口に申しましても、風邪薬とハゲ薬がまったく別物であるように、ヘロインや覚醒剤と幻覚剤はまったく違うクスリであることを、ここで私は滝本さんのために主張したいです。滝本さんは、悪い不良なんかじゃないのです！　ジャンキーではないのです！　頭が良くて紳士的な好青年なのです！　母の日には実家にカーネーションを送ります！

　も、もちろん幻覚剤を使うと、やれ『宇宙の真理がわかった！』『自然の有り難みに気づいた！』だのと、往々にして頭パーな思想に凝り固まってしまいがちです。しかし現代は二十一世紀です。ヒッピーと同じ過ちを犯す必要はありません。冷静さを失わないようにして、あくまで紳士的に嗜《たしな》みましょう。いくら凄《すご》い体験をしたからって、あんまりのめり込んではいけません。確かに幻覚剤を使えば、凄い宗教体験、神秘体験を味わってしまいますが、これはもう、お酒を飲めば酔っぱらうのと同じことで、別に特別なことではないのです。みんなも節度を守って、年に数回、端午の節句や、ひな祭りなどの、めでたいハレの日にだけ使うようにしましょう。

　そもそも幻覚剤は、宗教儀式と深い関わりを持っております。いまでもアマゾンでは、シャーマンたちが精霊との交信儀式に用いております。アステカ文明などでは、キノコが神との通話に使われていたようです。もともとは神聖なものだったのです。現存するすべての宗教や神話は、ぜんぶ幻覚トリップの産物だとする説さえもあります。ですから安易な気分で幻覚剤を使用するのはやめて、敬虔《けいけん》な気持ちでトリップに臨みましょう。

決して現実逃避目的に使用してはなりません。ひきこもって幻覚剤を使うのは、もってのほかです。そういう逃避に幻覚剤を用いれば、必ず酷い目に遭います。幻覚剤は使用者の無意識を拡大するクスリです。鬱々《うつうつ》とした気分で幻覚剤を使えば、百パーセント地獄に堕《お》ちます。メスカリン（サボテンの一種からとれる幻覚剤。LSDや幻覚キノコに作用が似ている）注射で第五話の滝本さんと同じような世界崩壊感を味わったサルトルは、その鬱々とした不安を小説にぶちまけ、あの傑作『嘔吐《おうと》』をものしたといいます。滝本さんが尊敬するとあるアーティストなどは、バリ島でキノコオムレツを食べてパニック障害になり、数年間も酷い苦しみを味わったそうです。体には害を与えないといっても、バッドトリップを甘く見てはいけないのです。仕事がうまくいっていて、心身共に充実しているときにだけ、安全な分量を使うべきです。部屋を綺麗《きれい》に掃除して、良い音楽を聴きながらトリップするのが良いです。そしたらきっと、芸術の神髄がわかり、本も深く読めるようになり、絵画や音楽に対する感受性もパワーアップして、人生が楽しくなり、良いことずくめになります。

とはいえバッドトリップ回避は至難の業でありますから、くれぐれも気をつけて旅に出るよう、重ね重ねお願いいたします。

鳥になって飛ぶ危険性がありますので、窓には鍵《かぎ》をかけておきましょう。

もちろん車の運転はいけません。刃物を扱うのもやめましょう。

ついでに言えば、幻覚剤は日常生活に何の利益ももたらしません。良い小説や音楽が作れるようになるわけでもありません。

芸術に対する審美眼は確かにアップしますし、素晴らしい芸術ビジョンをかいま見ることもできますが、地道な努力を積まない限り、それを表現することは叶《かな》いません。目指すゴールに幻覚ワープで連れて行ってもらっても、そこまで自分の足で歩いていく方法がわからないので、往々にして立ち往生し、数年を無駄に過ごす羽目になります。

ですからクリエイターの皆さんは、『ネタ探しのために幻覚剤を使うぜ！』などという安易な考えを金輪際キッパリと捨ててください。滝本さんも捨ててください。

私とみんなの約束です！

あと、現在通販で手軽に買える合法幻覚剤は、あんまり安全なものではないです。キノコやLSDや大麻などの、長い歴史によって安全性が確認された幻覚剤と違い、脳にどんな影響があるのか、まだはっきりとしたことがわかっておりません。量の調整も難しいです。数ミリグラムの調整を間違っただけで、十時間近くも地獄を見る可能性があります。それでもやりたいという人は、まずネットで確かな情報をゲットしましょう。一番大切なのは知識です。良いところと悪いところを、きちんと知るのが大切なのです。

さて、幻覚剤についてもっと詳しく知りたい方は、

蛭川立著
『彼岸の時間〈意識〉の人類学』

『性・死・快楽の起源―進化心理学からみた「私」』

この二冊の本を読んでみてください。幻覚剤に対する言説は、とかくニューエイジ方面に傾きがちで、そうでない場合は、やたらとアンダーグラウンドな、不良っぽくておどろおどろしいものに堕しがちですが、ところがこの本は、どちらもぴったり地に足がついていて、内容も深くて学術的です。

面白くって、とってもタメになる御本です。

アマゾンドットコムで注文すればすぐに届きます。二十一世紀の必読書です。

知恵その六　ひきこもりをやめる方法

ふう、もう沢山の興味深い知恵を披露したので、千部ぐらいは売り上げがアップしたはずです。でも私は気を抜かず、まだまだ良い知恵を皆さんに教えてあげます。私は物知りなのです。ついこの前なども、ひきこもりから抜け出すための上手な方法を思いつきました。

やり方は簡単です。スズキの販売店に行って、『チョイノリ』というバイクを買います。定価は五万九千円ですが、諸経費で九万円ぐらいかかります。頑張ってお金を貯めましょう。

チープでキュートで、愛らしい原付ですので、ゼッタイ買う価値はあります。これに乗って街をぶんぶん走ると、気分が良くなります。外出が楽しくなって、用もないのに道路を暴走したくなるんです。

滝本さんも、このバイクのおかげで外出頻度が増えました。深夜のコンビニでタムロしている茶髪集団に「あれチョイノリって言うんだぜー、めちゃ安くて遅いんだぜー」と指さされて注目されたり、頭の弱い女子高生に「きゃあアレ可愛くない？」と褒めてもらえたりします。こうゆう風な地元住人とのコミュニケーションによって、だんだんひきこもりが良くなっていきます。

弁当を買いに行くときも、腰が楽で助かります。

知恵その七　街での楽しい遊び

街は人が多いので、いつも滝本さんは気分を悪くします。彼は日本でも有数のド田舎で生まれ育ったので、縁日よりも人出が多い都会が苦手なのです。

喫茶店に入ってもお金がかかりますし、洋服屋などに入ると、店員にバカにされているような気がして、いてもたってもいられなくなります。

でもそんな彼だって、昔は立派なストリート系だったのです。

大学一年生のころ、滝本さんは『歩こう会』の会長でした。

その名の通り、歩くことを目的とした会でした。会長の滝本さんと、副会長の渋谷君、そして私の三名が構成員です。みんなお金がなかったので、歩くより他に、やることがなかったのです。

いつも活動は朝九時にスタートです。生田に近い大都会の町田に行って、知らない方、知らない方へと歩いていきます。見知らぬお寺を発見したら、お賽銭《さいせん》を入れて手を合わせます。大きな公園があったら、芝生に座ってタバコを一服し、冷たくて美味《おい》しい缶ジュースを飲みます。ストーキングごっこも、とても楽しい遊びです。

滝本さんが通りすがりの女子高生を指さすのです。

「あいつを追っかけようぜ！」

その号令で、さあレッツストーキング！

ターゲットの家を突き止めるまで尾行をします。尾行しながら、彼女の性格や生い立ちなどを推理して、知的な会話を交わします。

「足が細いから、きっと陸上部だよ」

「いいや、あの子は生徒会に入ってる顔だね。きっと頭が良くて偉い子だよ」

「すくすく育っていくといいね。悪い不良に騙《だま》されなければいいね」

「……うん、そうだね」

日が暮れたころ、彼女はお家に到着しました。私たちも充実した気分で、生田に帰りました。こうゆう工夫があれば、お金がなくても愉快に外で遊べるのでした。

さあみんなもぜひ、『歩こう会』をやってください。

『ストーキングごっこ』の他にも、わざと道に迷って不安と孤独を味わう『ワンダリング』や、左折だけで目的地にたどり着くパズル的遊技の『オンリーレフト』など、楽しい種目が盛りだくさんです。

知恵その八　箱根に行く方法

小田急ロマンスカーに乗ります。他の方法はよく知りません。

「………」

そろそろ夜が明けそうです。

滝本さんのイビキが聞こえてきます。

スマートドラッグでIQアップ！

知恵その九

すでに説明したように、個人輸入、あるいは輸入代行会社を利用して、以下の薬物を取り寄せましょう。そして適当な分量を毎日かかさず飲みましょう。ほとんど鰯《いわし》の頭レベルの効果しか有りませんが、神にもすがらざるを得ない受験生や、心のよりどころが欲しい小説家などにお勧めです。

レシチン・三グラム

パントテン酸（ビタミンB5）・一グラム

DMAE・一錠

ニセルゴリン・一カプセル

ピラセタム・一錠

毎朝、これだけの薬をざらざら飲むと、なんとなくやる気が出てくるといいます。仕事がバリバリ進みそうな気分になってくるといいます。もちろんそれは錯覚のようで、滝本さんは最近ずっと、朝から晩、そして晩から朝まで寝ています。見ているのが辛いです。

うぅ……

私はどうすればいいんでしょう?

知恵その十 ベストセラー小説の書き方

滝本さんの仕事は小説を書くことです。単行本が一冊売れるたび、百円ぐらい儲《もう》かります。文庫本なら五十円ほど儲かります。外に出なくてもよいし、あんまり人と喋《しゃべ》ったりする必要もない仕事なので、滝本さんにはお似合いだと思います。

ところがこの二年間、滝本さんは新しい本を書き上げることができなくて、ずっと悶々《もんもん》と悩んでいました。私も一緒に泣いてあげました。

でもこうやって悩んでいては、貯金が減っていくばかりです。打開しなくてはなりません。

いっそのこと、私がゴーストライターをやってあげるのはどうでしょう? いままでも秘書として彼の作業を手伝ってきました。小説の書き方もだいたい覚えました。私は頭が良いのです。

——そ、そうだ、ついでだから皆さんにも、良い小説の書き方を教えてあげますね。

この知恵を参考にすれば、誰もが小説家になれて、ひきこもりでも暮らしていけるようになります。滝本さんもこのやり方で小説家になったので、間違いはないのです。

さて、小説を書くための一番大切なものはなんでしょう？　答えはパソコンです。パソコンがないと、漢字が書けなくて困ります。どんな機種でもよいので、適当なパソコンを購入しましょう。できればディスプレイは大きめな方が、目が疲れなくて便利です。

次に文章執筆ソフトを用意します。一太郎やワードを使う方が多いと思われますが、私は滝本さんの教えに従って、テキストエディタをお勧めします。テキストエディタはワープロソフトと違い、文書のレイアウトができません。でも作りがシンプルなぶん動作が軽く、値段もタダか、あるいは数千円で購入できます。滝本さんが使っているソフトはQXエディタといって、とっても高機能な、縦書き表示もできるソフトです。沢山の小説家がこのQXエディタを使っていると聞きます。三千円で買えます。

他にも肝心なことを忘れてはいけません、漢字変換ソフトはゼッタイATOKにしましょう。一太郎はあまり必要ではないですが、腎臓《じんぞう》を売ってもATOKはインストールしてください。これさえあれば、漢字が苦手な人でもスラスラと小説が書けます。その他にはマイクロソフト・エンカルタなどの辞典類を導入するだけで、執筆環境はバッチリです。どんな小説家にも負けない高級装備の完成です。

胸を張って「俺の小説道具は世界最高級だぜ」と皆に自慢しましょう。ついでに「俺は一年以内に小説家になるよ！」と、親兄弟友人知人に公言しましょう。背水の陣で自分を追いつめるのです。ただし学校をやめたり仕事を退職してはなりません。人生を捨ててはなりません。安定した生活基盤があってこそ、執筆がはかどるというものです。

さてここからが本番です。気合いを入れましょう。実際にキーボードを叩《たた》き、四百字詰め原稿用紙で、三百枚から四百枚ぐらいの原稿を書くのです。とても疲れます。慣れないうちは、何をどう書けばいいのかチンプンカンプンです。

でも不安になることはないのです。素晴らしいハウツー本があるのです。騙《だま》されたと思って、以下の本を全部読んでください。どれも良い御本なので、新品で買いましょう。

久美沙織『新人賞の獲《と》り方おしえます』
ディーン・R・クーンツ『ベストセラー小説の書き方』
ニール・D・ヒックス『ハリウッド脚本術』
マリオ・バルガス＝リョサ『若い小説家に宛てた手紙』

これだけ読めば、もう鬼に金棒です。この参考書に書いてある通りのやり方で、日に五枚ぐらいをこつこつ書けば、三ヵ月ぐらいで長編原稿が完成します。綺麗にプリントアウトして厚手の封筒に収め、めぼしい新人賞に送りつけてやりましょう。

運が良ければ賞金がもらえて、本も出してもらえます。百万円ぐらいが懐に入ってくるので、とてもホクホクです。あとは編集さんと相談しながら、どしどし新しい小説を書いてゆけばよいのです。

そうそう、新人賞でデビューする他にも、作家エージェントのボイルドエッグズに応募するという手があります。まずはメールか手紙で、原稿の概要をボイルドエッグズに送りましょう。つまらない概要はポイと捨てられるので、面白い風にして書きましょう。うまくエージェントさんの興味を惹《ひ》くことができたなら、次は原稿の登録です。登録料が三万円かかります。（二〇〇三年現在）

清水《きよみず》の舞台から自殺するぐらいの勢いで三万円を振り込みましょう。原稿がダメな場合、三万円はパーとなりますので、自信作だけを送るようにしましょう。

以上の手順がつつがなく進行すれば、あなたとボイルドエッグズ代表取締役・村上達朗氏の間でエージェント契約が取り交わされます。そうしてあなたは、晴れてエージェント付きの作家になるのです。とても格好が良いです。ことあるごとに、「仕事の話はエージェントを通してくれ」と言いましょう。まるでエグゼクティブのようです。自分が偉くなったような錯覚に浸れること請け合いです。営業活動をする必要もないので、ひきこもりにはピッタリのシステムでもあります。ただ部屋に籠もってバリバリ小説を書けば、自動的に本ができあがるのです。

――よ、よおし、これから私も面白い小説を書いて、エージェントさんに送っちゃいます！　私が死ぬまで滝本さんを養ってあげます！　もう預金残高に怯《おび》える日々はおしまいです！　滝本さんはずっと寝たきりでいいのです！

　さっそく私は眼鏡をかけてノートパソコンを睨《にら》みました。ＳＦ超大作で、ベストセラーを狙います。グレッグ・ベアも鼻白むハードＳＦでありながら、心温まるファンタジーの風味を取り入れつつ、それでいて人間心理を深く描いた本格文学になる予定です。次の芥川《あくたがわ》賞は私のものです。

　ところが……なんということでしょうか。

「……か、書けない！」

　執筆理論は完璧《かんぺき》なのに、いくら頭を捻《ひね》っても、良いアイデアが出てこないのです。

　もしかしたら、これが産みの苦しみというヤツなのでしょうか？

　あぁこんな苦悩に耐えて二本も良い小説を書いた滝本さんは、とっても偉大な人だったのね、と改めて彼に対する尊敬と愛情の念が募ってくる次第です。

　ですがそうこうするうち、押し入れの襖《ふすま》の隙間から一条の光が差し込んできました。

　耳を澄ませば雀の鳴き声も聞こえました。もうタイムアップでした。

　今日は新宿に行く予定があるのです。知恵袋もだいたい書けたので、そろそろ滝本さんを起こしてあげなくちゃいけませんね。

　エージェントさんと仕事の打ち合わせがあるので、ゼッタイに遅刻してはなりません。

　そうだ良い機会です、私がゴーストライターをやるのは無理のようなので、ここらでひとつ、彼のお尻《しり》をぺんぺん叩き、小説への情熱を取り戻させてやろうと思います。

「そうだ、それがいいわね……」

そうよあなたにはできるわ……あなたならいくらだって、新しい小説が書けるわ。

ほら勇気を出して……

自分を信じて頑張って……

＊

「おい、起きろよ。そんなところで何やってんだよ」

「うう？　あら、おはよう滝本さん。——きゃっ、見ないで！　別に何も書いちゃいないわ！　ただ徹夜でソリティアがやりたかっただけよ！」

「ったく、一ギガ分のエロ動画をパーにしやがって。……まぁいいよ、ほら行くぞ」

「朝ご飯は吉野屋の牛丼がいいわ」

「バカ、何時だと思ってんだよ。遅刻したら村上さんに泣かされるぞ。朝飯は抜きだよ」

「うぅ……」

急いで身支度を整えた私たちは、チョイノリにまたがりました。

滝本さんの腰に手を回した瞬間、私のお腹がきゅうと鳴りました。私は顔を真っ赤にしました。

滝本さんは肩掛け鞄から、スニッカーズを取り出しました。

「ほら、食べろよ」

「あ、ありがとう」

そうしてチョイノリは静かに発進しました。

駅までの坂道を法定速度で下っていきます。

朝日に照らされた新緑が目に眩《まぶ》しかったです。

春風が私の髪を気持ちよくなびかせます。

「綺麗ね……」

こんなに気持ちの良い朝がある限り、きっと滝本さんは大丈夫だなと思いました。

だから私も安心でした。

あとがき

前作『NHKにようこそ！』を書き終えた私は、精神の調子を悪くした。全世界の皆が私の小説を馬鹿にしている、世間様が私を指さし笑っている、そんな強い確信があった。目を覚ましていると被害妄想に苦しめられるので、私は可能な限りの長時間、ひたすら眠って時間を跳ばした。

新しい小説を書く気力もなかった。そもそもとっくにネタ切れだった。私は「今度こそもうダメだな」と諦《あきら》めつつ、春夏秋冬、朝から晩まで、何もしないでぼんやり寝ていた。

しかしなんと有り難いことか、そんな廃人生活を送る二十四歳男子にも、真人間復帰へのラストチャンスが与えられたのである。「体験エッセイの連載で、生活リズムと強い精神力を取り戻しなさい！」という労働指令が授けられたのである。

二年近くもまともな文章を書いていなかったので、売り物になるエッセイを書くだけの能力が残されているのかどうか、正直かなり不安であった。ヘタなものを書けば、また世の皆様方に嘲笑《ちょうしょう》されてしまうという恐怖もあった。

だがこの機会を逃せば、社会復帰は二度と不可能に思われた。

だから不安でも書くしかなかった。

なんとしても朗らかで愉快なエッセイを連載し、手に職を取り戻さなくてはいけないのだ。私は取材に使うデジカメを通販で取り寄せ、足代わりの原付バイクを購入し、ネタ本の『ニーチェ全集』を古本屋に注文した。すべては面白エッセイ執筆のためだった。

そして私は意気揚々と渋谷や箱根に取材に出かけた。あるときなどは、知らない女性との長時間会談を決行したことさえあった。それもこれも、すべては面白エッセイ執筆のためだった。アハハと笑って気軽に読める、そんなエッセイ執筆こそが私の目標なのだった。

それなのに――どうしてこんなにイタくて辛《つら》い本が完成してしまったのだろうか。

自分にもわかりません。本当に、不思議です。


さて、皆様お久しぶりです。滝本竜彦です。

なんとか三冊目の本のあとがきを書くことができました。お世話になった皆様、励ましのお手紙を送ってくださった皆様、そして読者の皆様のおかげです。

四冊目も出せるように頑張ります。どうもありがとうございました。

二〇〇三年六月

滝本竜彦

文庫版あとがき

鬱《うつ》病からの回復期にあった滝本竜彦が、リハビリテーションのために執筆した文章を一冊の本としてまとめたのが、本作、『超人計画』である。鬱病という地獄のような試練を乗り越えた男が、その魂の奥底からわき上がる衝動を、類《たぐ》い希《まれ》なる文筆テクニックによって一気《いっき》呵成《かせい》にしたためたハイブリッドエッセイ、それが本作、『超人計画』である。

そこに描かれている文章は、とても脳の調子が悪い人間によって執筆されたとは思えぬほどに軽妙洒脱《しゃだつ》であり、各界からの絶え間ない絶賛が本作品には絶え間なく寄せられている。この誰もがうっとりする美文、まさに現代の武者小路実篤の名を冠するだけのことはある。滝本竜彦がノーベル文学賞を受賞する日も近いと、先日見た夢の中で、中学校の同級生の山田君が噂していたほどのことはある。

もちろん文章だけでなく、内容もとても素晴らしい。

「哲学」「文学」「現代思想」「面白ドラッグ」「頭が禿《は》げたときどうすればいいのか、カツラを被《かぶ》ればいいのか？　それとも？」「彼女が欲しくて仕方がないときにはどうすればいいのか？　エロ動画を集めているだけでは虚しくないのか？」「たとえば出会い系に望みを託すとして、本当に出会い系で彼女ができるのか？　彼女ができたとして、どうやって性行為をすればいいのか？」「無理だ！」「ならば我々は脳内彼女で我慢しようではないか。でも脳内彼女で本当に心が安らぐのか？　どうなのか？」等々といった、現代社会をサバイブするアーバンノマド達にとって必要不可欠ともいえる、とても奥深いテーマが、大盤振る舞いに、ぎゅうぎゅうに詰まっている。

まさに一家に一冊常備すべき現代の聖書といえる。

こんなにも素晴らしい本が読める皆は幸せ者だ。

そしてこんなにも頭の悪いあとがきしか書けない滝本の脳は、まだ少し調子が悪いようだ。あるいは最初から、彼の脳は、もうどうしようもないほどに低機能なのだったという可能性も考えられる。

だが……そんな低脳にだって本ぐらい出せるんだぜという希望がこの本にはぎゅうぎゅうに詰まっている。そして……やはり低脳は何をやっても幸せになれないのかという絶望が、最近の滝本の私生活にはぎゅうぎゅうに詰まっている。この本（単行本バージョン）を読んだ読者から手紙が来た。会った。女だった！　付き合った。結婚《けっこん》した。わーい禿げでも結婚できるんだ！　もう五年間ほど仕事してない印税ニートでも血痕もとい血痕もとい結婚ができるんだ！　そんな悦《よろこ》びもつかの間、果てしない喧嘩《けんか》、鬱、喧嘩、鬱、喧嘩、鬱、喧嘩、鬱、そして書けない苦悩！　小説が書けない絶望の地獄の煉獄《れんごく》の悪夢！　おお、このままでは破産だ！　畜生畜生どうして俺ばかりがこんな苦しみを！　と、髪をもとい神を呪う滝本だったが、彼はこの程度の逆境に弱音を吐くような負け犬じゃない。この悪い状況を打開するため、滝本は近所に建設されたばかりの空手道場に通い始めた。そして始まる、小説を書くための、手に職を取り戻すための、正拳《せいけん》突きの練習しまくる過酷《かこく》な日々……。

「せいっ、せいっ、せいっ、せいっ、せいっ、せいっ、せいっ、せいっ、せいっ、せいっ、せいっ、せいっ、せいっ、せいっ、せいっ、せいっ、せいっ、せいっ！　……ぜーはーぜーはー（非人間的なまでのハードトレーニングが引き起こす酸欠状態）」。そして空手の先生に「いいね君パンチいいね」と褒められた滝本は帰宅して妻と喧嘩して絶望して鬱になって小説書けなくて鬱になって、おおいまこそ空手の出番だと決意し、拳《こぶし》を固く握りしめたのであった。そして殴ったのであった。なんの罪もない自室のコンクリート壁を殴ったのであった。

殴った。

殴った。

殴った。

そして飛び散る血痕。

「おうおうおう痛いよう痛いよう」

男泣きに泣く滝本……その涙は美しかった。

美しき涙を頰に伝わせ、滝本は月の夜に吠《ほ》えたのだった。

おうおう。

おうおう。

その寂しげな一匹狼の声は、野を越え山を越え、あなたの耳元にまで届いていったと言われています……。こんなあとがき、書かない方が良かったと思います。この本の商品価値を下げるだけだと思うのです。でも書かずにはいられなかったんです！　しょうがなかったんです！　あぁごめんなさいごめんなさい……と、そんなこんなで書かない方がどれだけマシだったかわからないクズ文を書き終えた滝本は、ノートPCをパタンと閉じて、そののちに窓から思いっきりノートPCをぶん投げて、今日も安らかな眠《ねむ》りにつくのであった！　眠りに落ちる一瞬前、滝本は殊勝にも、僕をあの腐れ生活から引っ張り上げてくれた妻に、そしてこの本を読んでくれた皆さんに、お世話になった皆さんに、コンマ一秒ほど感謝の念を捧《ささ》げるのであった！　皆さんどうもありがとうございました。

二〇〇六年五月

滝本竜彦

引用文献

『ツァラトゥストラはこう言った』ニーチェ／氷上英廣訳／岩波文庫
『ウィトゲンシュタイン全集1』ウィトゲンシュタイン／奥雅博訳／大修館書店

本書は二〇〇三年七月に刊行された小社単行本を文庫化したものです。

本書に登場する薬物の多くは二〇〇六年現在、その大半が違法薬物に指定されており、なおかつ安易な使用によって肉体及び精神に多大なダメージを与える可能性があります。くれぐれもご注意ください。

超人計画《ちようじんけいかく》

滝本竜彦《たきもとたつひこ》

平成18年 6月25日　初版発行
令和6年 11月15日　13版発行

発行者●山下直久

発行●株式会社KADOKAWA
〒102-8177　東京都千代田区富士見2-13-3
電話　0570-002-301（ナビダイヤル）

角川文庫 14283

印刷所●株式会社KADOKAWA
製本所●株式会社KADOKAWA

表紙画●和田三造

●お問い合わせ
https://www.kadokawa.co.jp/（「お問い合わせ」へお進みください）
※内容によっては、お答えできない場合があります。
※サポートは日本国内のみとさせていただきます。
※Japanese text only

ISBN978-4-04-374703-0　C0193

◆◆◇

角川文庫発刊に際して

角　川　源　義

第二次世界大戦の敗北は、軍事力の敗北であった以上に、私たちの若い文化力の敗退であった。私たちの文化が戦争に対して如何に無力であり、単なるあだ花に過ぎなかったかを、私たちは身を以て体験し痛感した。西洋近代文化の摂取にとって、明治以後八十年の歳月は決して短かすぎたとは言えない。にもかかわらず、近代文化の伝統を確立し、自由な批判と柔軟な良識に富む文化層として自らを形成することに私たちは失敗して来た。そしてこれは、各層への文化の普及滲透を任務とする出版人の責任でもあった。

一九四五年以来、私たちは再び振出しに戻り、第一歩から踏み出すことを余儀なくされた。これは大きな不幸ではあるが、反面、これまでの混沌・未熟・歪曲の中にあった我が国の文化に秩序と確たる基礎を齎らすためには絶好の機会でもある。角川書店は、このような祖国の文化的危機にあたり、微力をも顧みず再建の礎石たるべき抱負と決意とをもって出発したが、ここに創立以来の念願を果すべく角川文庫を発刊する。これまで刊行されたあらゆる全集叢書文庫類の長所と短所とを検討し、古今東西の不朽の典籍を、良心的編集のもとに、廉価に、そして書架にふさわしい美本として、多くのひとびとに提供しようとする。しかし私たちは徒らに百科全書的な知識のジレッタントを作ることを目的とせず、あくまで祖国の文化に秩序と再建への道を示し、この文庫を角川書店の栄ある事業として、今後永久に継続発展せしめ、学芸と教養との殿堂として大成せんことを期したい。多くの読書子の愛情ある忠言と支持とによって、この希望と抱負とを完遂せしめられんことを願う。

一九四九年五月三日

角川文庫ベストセラー

夜は短し歩けよ乙女　森見登美彦

黒髪の乙女にひそかに想いを寄せる先輩は、京都のいたるところで彼女の姿を追い求めた。二人を待ち受ける珍事件の数々、そして運命の大転回。山本周五郎賞受賞、本屋大賞2位、恋愛ファンタジーの大傑作！

ペンギン・ハイウェイ　森見登美彦

小学4年生のぼくが住む郊外の町に突然ペンギンたちが現れた。この事件に歯科医院のお姉さんが関わっていることを知ったぼくは、その謎を研究することにした。未知と出会うことの驚きに満ちた長編小説。

約束　石田衣良

池田小学校事件の衝撃から一気呵成に書き上げた表題作はじめ、ささやかで力強い回復・再生の物語を描いた必涙の短編集。人生の道程は時としてあまりにもハードだけど、もういちど歩きだす勇気を、この一冊で。

美丘　石田衣良

美丘、きみは流れ星のように自分を削り輝き続けた……平凡な大学生活を送っていた太一の前に現れた問題児。障害を越え結ばれたとき、太一は衝撃の事実を知る。著者渾身の涙のラブ・ストーリー。

5年3組リョウタ組　石田衣良

茶髪にネックレス、涙もろくてまっすぐな、教師生活4年目のリョウタ先生。ちょっと古風な25歳の熱血教師の一年間をみずみずしく描く、新たな青春・教育小説！

角川文庫ベストセラー

偶然の祝福　小川洋子

見覚えのない弟にとりつかれてしまう女性作家、夫への不信がぬぐえない妻と幼子、失踪者についつい引き込まれていく私……心に小さな空洞を抱える私たちの、愛と再生の物語。

夜明けの縁をさ迷う人々　小川洋子

静かで硬質な筆致のなかに、冴え冴えとした官能性やフェティシズム、そして深い喪失感がただよう――。小川洋子の粋がつまった粒ぞろいの佳品を収録する極上のナイン・ストーリーズ！

ドミノ　恩田陸

一億の契約書を待つ生保会社のオフィス。下剤を盛られた子役の麻里花。推理力を競い合う大学生。別れを画策する青年実業家。昼下がりの東京駅、見知らぬ者同士がすれ違うその一瞬、運命のドミノが倒れてゆく！

ユージニア　恩田陸

あの夏、白い百日紅の記憶。死の使いは、静かに街を滅ぼした。旧家で起きた、大量毒殺事件。未解決となったあの事件、真相はいったいどこにあったのだろうか。数々の証言で浮かび上がる、犯人の像は――。

GOTH　夜の章・僕の章　乙一

連続殺人犯の日記帳を拾った森野夜は、未発見の死体を見物に行こうと「僕」を誘う……人間の残酷な面を覗きたがる者〈GOTH〉を描き本格ミステリ大賞に輝いた乙一の出世作。「夜」を巡る短篇3作を収録。

角川文庫ベストセラー

薄闇シルエット　角田光代

「結婚してやる」と恋人に得意げに言われ、ハナは反発する。結婚を「幸せ」と信じにくいが、自分なりの何かも見つからず、もう37歳。そんな自分に苛立ち、戸惑うが……ひたむきに生きる女性の心情を描く。

GO　金城一紀

僕は《在日韓国人》に国籍を変え、都内の男子高に入学した。広い世界へと飛び込む選択をしたのだが、それはなかなか厳しい選択でもあった。ある日僕は、友人の誕生パーティーで一人の女の子に出会って——。

疾走（上）（下）　重松清

孤独、祈り、暴力、セックス、殺人。誰か一緒に生きてください——。人とつながりたいと、ただそれだけを胸に煉獄の道のりを懸命に走りつづけた十五歳の少年のあまりにも苛烈な運命と軌跡。衝撃的な黙示録。

とんび　重松清

昭和37年夏、瀬戸内海の小さな町の運送会社に勤めるヤスに息子アキラ誕生。家族に恵まれ幸せの絶頂にいたが、それも長くは続かず……高度経済成長に活気づく時代と町を舞台に描く、父と子の感涙の物語。

みんなのうた　重松清

夢やぶれて実家に戻ったレイコさんを待っていたのは、いつの間にかカラオケボックスの店長になっていた弟のタカツグで……。家族やふるさとの絆に、しぼんだ心が息を吹き返していく感動長編！

角川文庫ベストセラー

ロマンス小説の七日間　三浦しをん

海外ロマンス小説の翻訳を生業とするあかりは、現実にはさえない彼氏と半同棲中の27歳。そんな中ヒストリカル・ロマンス小説の翻訳を引き受ける。最初は内容と現実とのギャップにめまいものだったが……。

月魚　三浦しをん

『無窮堂』は古書業界では名の知れた老舗。その三代目に当たる真志喜と「せどり屋」と呼ばれるやくざ者の父を持つ太一は幼い頃から兄弟のように育つ。ある夏の午後に起きた事件が二人の関係を変えてしまう。

白いへび眠る島　三浦しをん

高校生の悟史が夏休みに帰省した拝島は、今も古い因習が残る。十三年ぶりの大祭でにぎわう島である噂が起こる。【あれ】が出たと……悟史は幼なじみの光市と噂の真相を探るが、やがて意外な展開に！

コロヨシ!!　三崎亜記

高校で「掃除部」に所属する樹は、誰もが認める才能を持ちながらも、どこか冷めた態度で淡々とスポーツとしての掃除を続けていた。しかし謎の美少女・偲の登場により、そんな彼に大きな転機が訪れ——。

鬼の跫音　道尾秀介

ねじれた愛、消せない過ち、哀しい嘘、暗い疑惑——。心の鬼に捕らわれた6人の「S」が迎える予想外の結末とは。一篇ごとに繰り返される奇想と驚愕。人の心の哀しさと愛おしさを描き出す、著者の真骨頂！